VISIONS

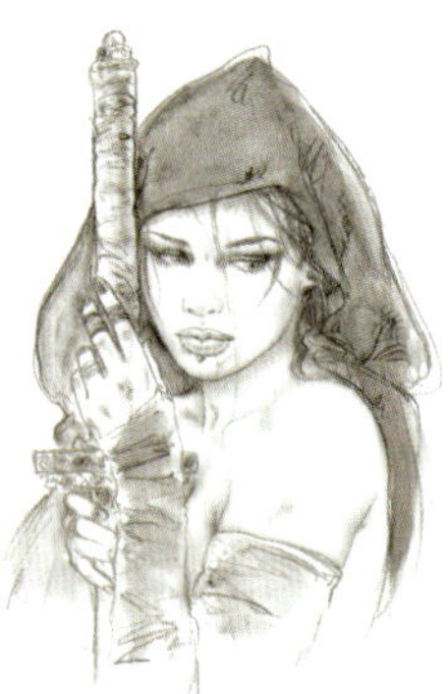
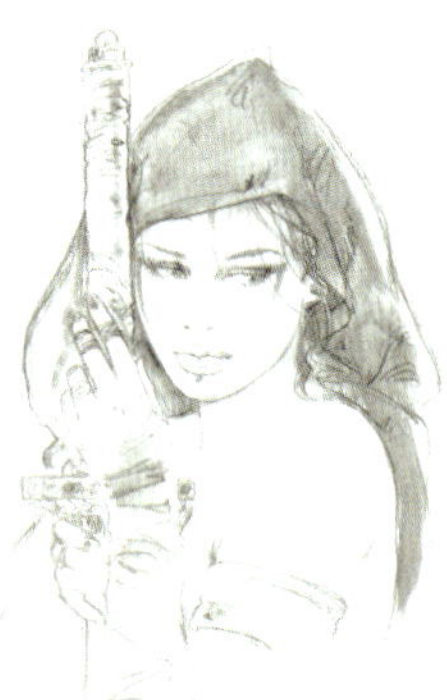
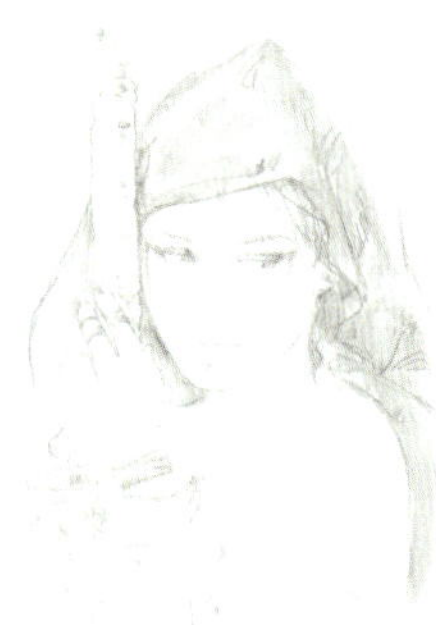
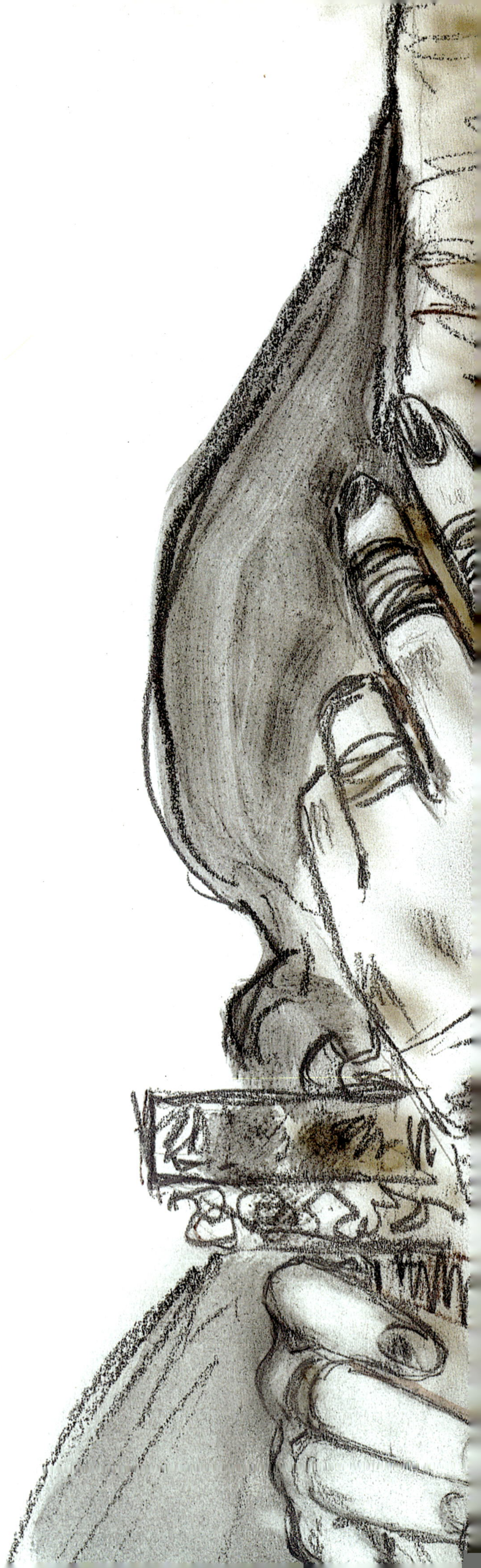

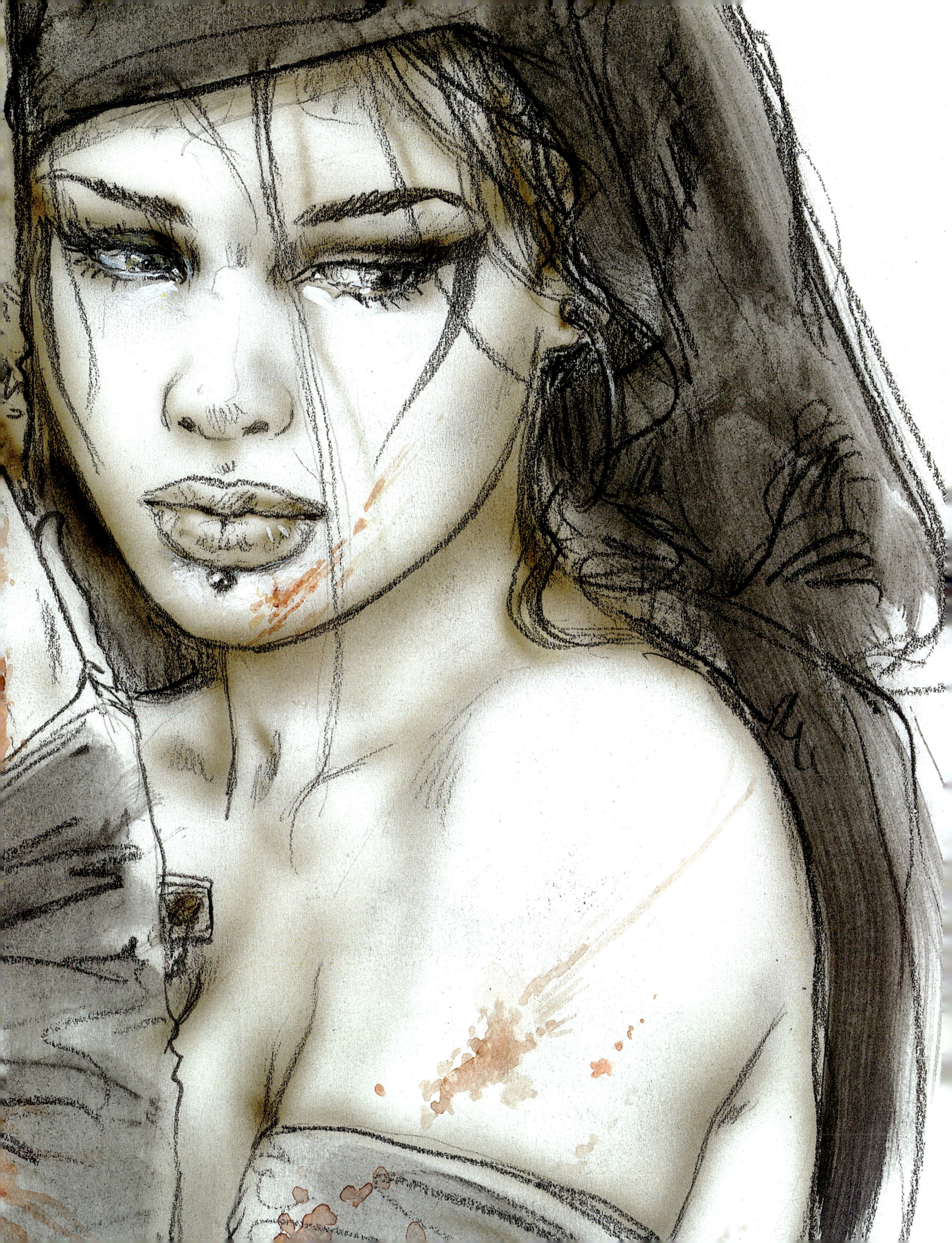

VISIONS, by Luis Royo
First edition: May 2003

Fluviã, 89. 08019 Barcelona
Tel.: (34) 93 303 68 20 – Fax: (34) 93 303 68 31
E-mail: norma@normaeditorial.com
German translation: Sybille Schellheimer
French translation: Bãrbara Roig
ISBN (softcover): 84-8431-745-5. ISBN (hardcover): 84-8431-746-3
D.L. (softcover): B-17155-2003. D.L. (hardcover): B-17156-2003
Printed in the EU

www.NormaEditorial.com
www.luisroyo.com

LUIS ROYO

VISIONS

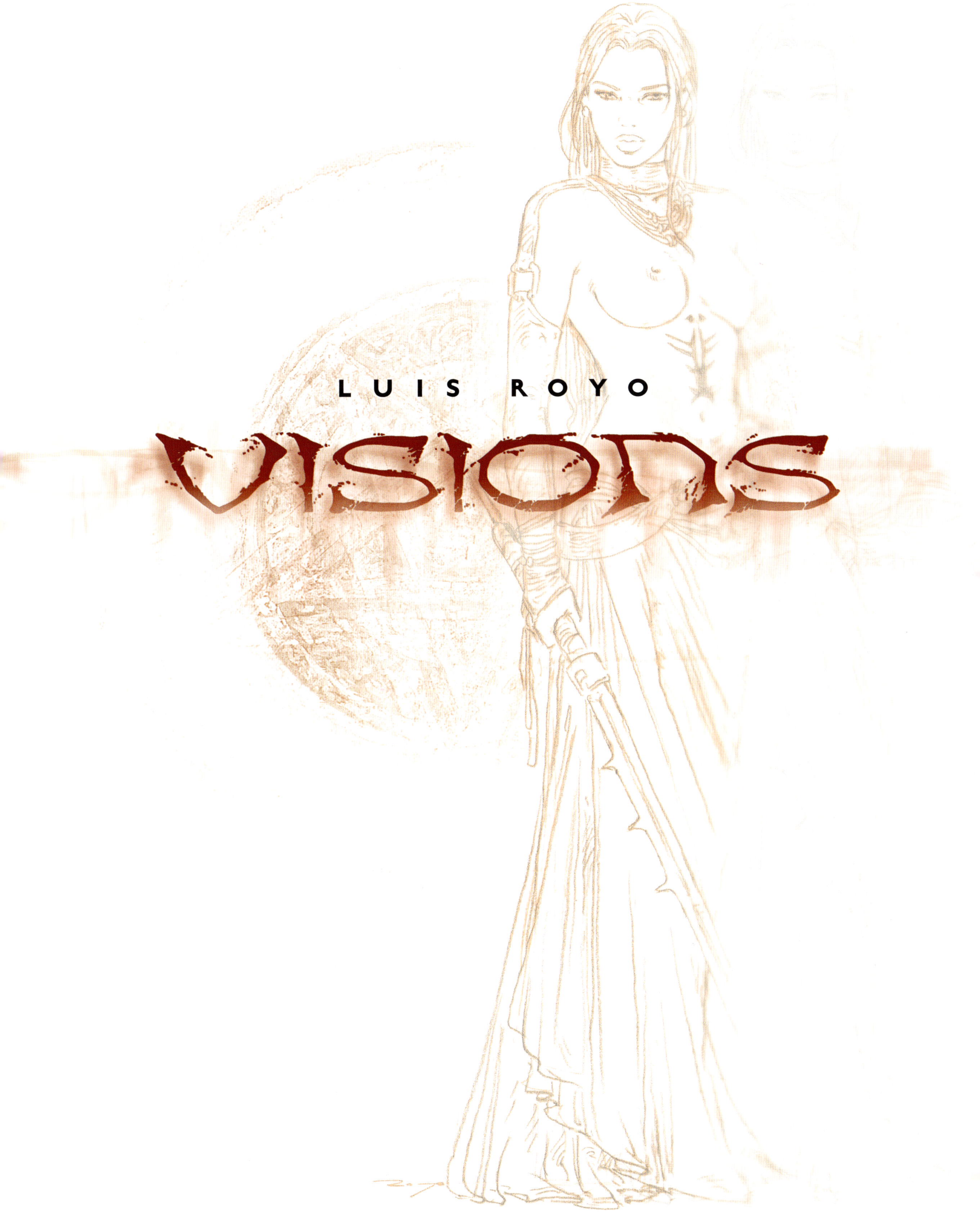

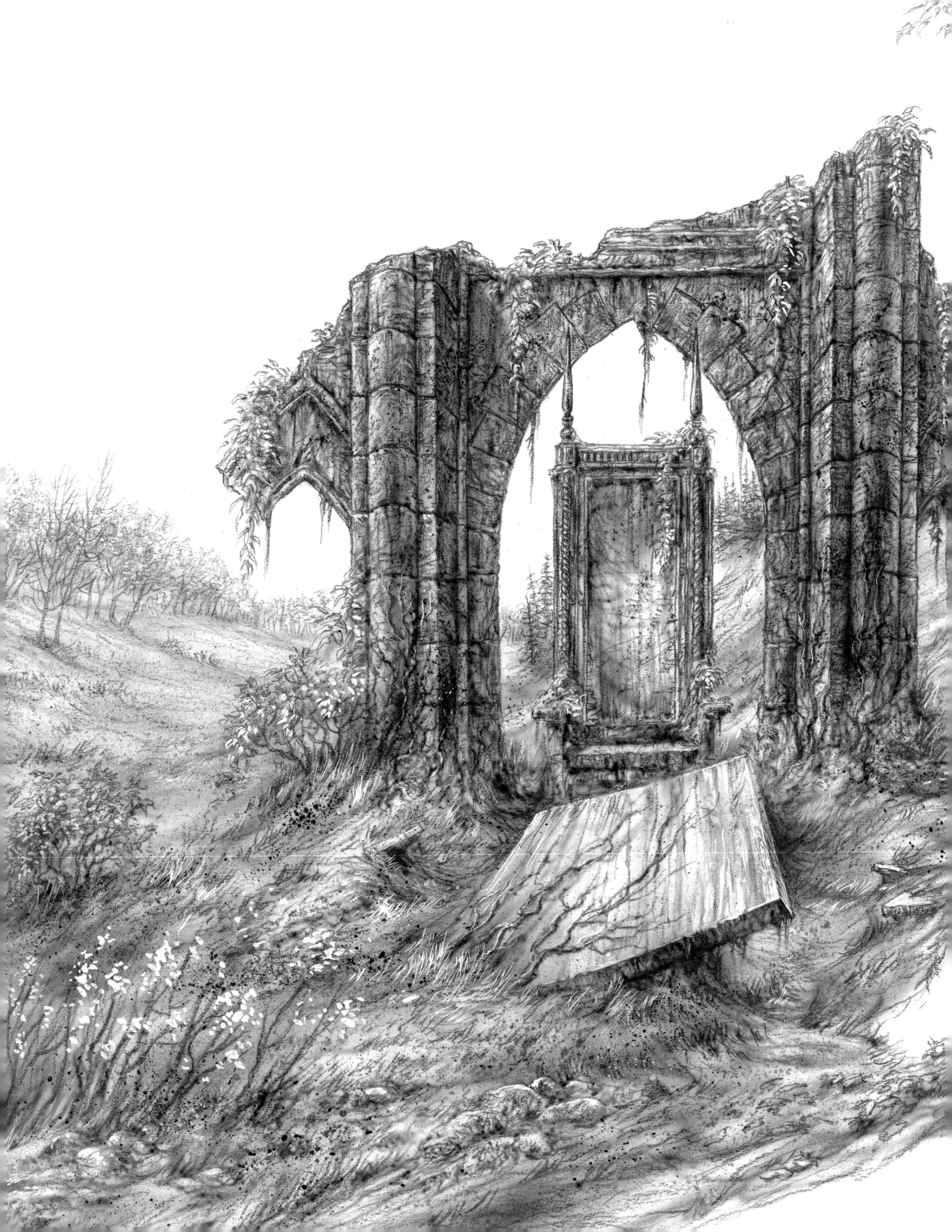

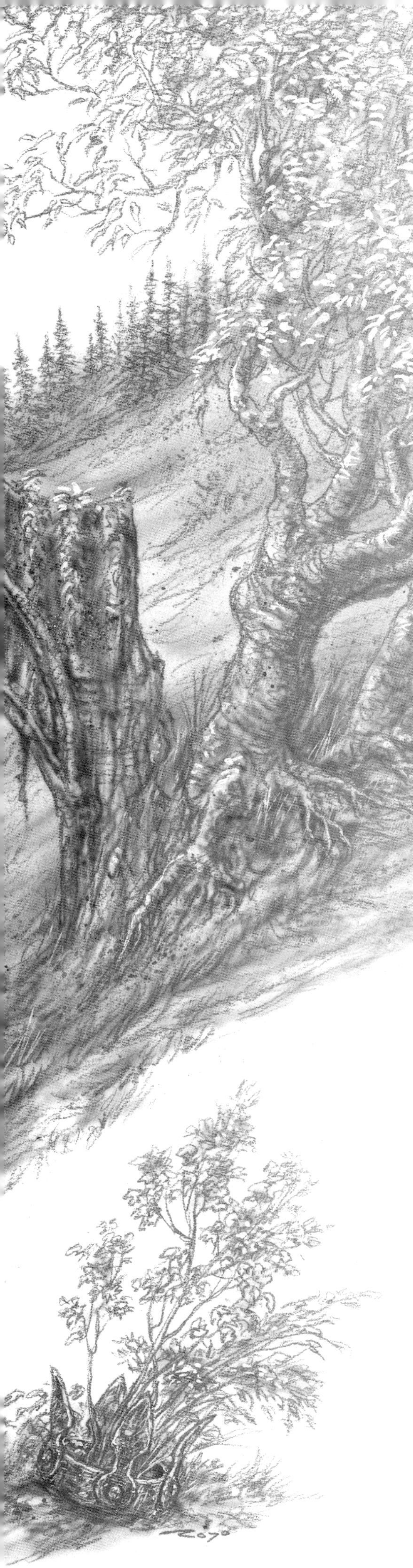

Ich bin mit Comics aufgewachsen – insbesondere mit den etwas merkwürdigeren. Während meine Freunde *Batman*, *Spiderman* und *Superman* lasen, bevorzugte ich *Weird War*, *Kamandi* und *Swamp Thing*. 1977, gerade als diese Comics anfingen, mir etwas kindisch vorzukommen, erschien *Heavy Metal* Magazine mit all seinen fantastischen Künstlern. Damit öffnete sich mir eine ganz neue Welt.

Nicht nur war dieses Magazin vollkommen modern und die Geschichten viel besser und sorgfältiger geschrieben und gezeichnet als alles, was ich bis dahin in den Vereinigten Staaten gesehen hatte, sondern auch die Cover haben mich fast umgehauen: Dieser hochglänzende, gezeichnete Vorgeschmack auf die Dinge, die im Magazin zu sehen sein würden... Ich konnte es kaum erwarten, nach Hause zu kommen, um es zu lesen.

Hier nun taucht Luis Royo auf. „Meister" Luis übte einen unmittelbaren und überwältigenden Eindruck auf Leser wie mich aus und wurde bald zu einem der besten Coverzeichner der Geschichte von *Heavy Metal*. Nachdem ich seit fast zwölf Jahren Eigentümer dieser Zeitschrift bin und mich mit unzähligen Fans – sowohl über Internet als auch auf Conventions – unterhalten habe, höre ich immer wieder einen Kommentar: „Selbst wenn jede Ausgabe ein Cover von Royo hätte, es wäre nicht genug."

Dem stimme ich zu, und ich kann verstehen, warum sich seine Bücher in aller Welt so gut verkaufen. Viele Künstler möchten das erreichen, was Luis Royo geschafft hat: er ist ein weltweit anerkanntes Talent.

Die einzigartige Mischung aus Sciencefiction, Fantasy und Erotik, gepaart mit einem realistischen Stil, bringt selbst den talentiertesten Zeichner zur Verzweiflung. Seine Illustrationen sind ausgewogen und mit großer Sorgfalt gestaltet, zudem gelingt es ihm fast mühelos, perfekte Momentaufnahmen der schönsten Fantasiefrauen des Planeten einzufangen.

Meine Frau, Julie Strain, wurde im Laufe der Jahre von vielen der äußerst talentierten Künstler von *Heavy Metal* gezeichnet, und sie wird immer versichern: „Mir gefallen alle, aber Luis ist bei weitem mein Favorit." Nicht nur haben Julie und ich das Glück, viele von Luis' Bildern kaufen und sie in unser Arbeitszimmer hängen zu können, überdies hatten wir die Ehre, dieses außergewöhnliche Talent – das eine noch außergewöhnlichere Person ist – kennen zu lernen. Wir sprechen nicht ein Wort Spanisch, und Luis spricht kein Englisch, aber die Zuneigung und der Respekt, die wir für diesen Gentleman empfinden, brechen alle Schranken.

Ich fühlte mich sehr geehrt, als man mich um ein Vorwort bat für diese wundervolle neue Sammlung von Werken eines Künstlers, den ich so sehr bewundere. Und ich weiß, dass die Fanscharen, die er bereits hat, genauso bewegt sein werden wie ich, wenn sie diesen Band zu ihren Lieblingsbüchern ins Regal stellen werden.

Lang lebe Luis!

J'ai été élevé au milieu des bandes dessinées, certaines des plus étranges. Mes amis lisaient Batman, Spiderman et Superman, mais personnellement je préférais Weird War, Kamandi et Swamp Thing. Au moment où ces dernières me paraissaient quelque peu infantiles, vers 1977, c'est Heavy Metal Magazine qui paraissait, avec toute sa panoplie de dessinateurs excellents. Un monde s'était ouvert à moi, complètement nouveau.

Ce n'était pas seulement les histoires, écrites et dessinées avec tout ce talent et ce soin que je n'avais pas rencontré dans d'autres publications aux Etats-Unis, puisque le contenu était complètement moderne, c'est également la couverture qui m'hallucinait, cette vision brillante, satinée des choses qui apparaissait dans les pages intérieures; je n'arrivais pas à attendre mon retour à la maison pour les dévorer.

Et c'est à ce moment là que je découvris Luis Royo. Le maître Luis exerçait un impact énorme sur les lecteurs de la revue comme moi, et il devint très vite un des meilleurs illustrateurs de couvertures de l'histoire de Heavy Metal.

Après avoir été le directeur de la revue pendant presque douze ans et avoir parlé à plein de fans, lors des conventions et à travers Internet, le commentaire que j'ai entendu le plus souvent, c'était "Même si Royo signait la couverture de chaque numéro, nous n'en aurions jamais assez".

Inutile de dire que je suis complètement d'accord et c'est bien pour ça que je peux parfaitement comprendre que ses livres se vendent si facilement partout dans le monde. Beaucoup de dessinateurs aimeraient être aussi célèbres, le talent de Luis Royo est reconnu mondialement.

Le mélange génial de science fiction, de fantaisie et d'érotisme avec un style réaliste que l'on trouve dans l'œuvre de Royo fait que la plupart des bons dessinateurs d'aujourd'hui se sentent frustrés et se fâchent. Les compositions de Royo sont planifiées avec exactitude, on dirait qu'il sait saisir, presque sans effort, la perfection émouvante des chairs des femmes imaginaires les plus belles de la planète.

Ma femme, Julie Strain, a été dessinée par la plupart des dessinateurs de talent de Heavy Metal mais elle dit toujours: "Je les aime tous, mais c'est Luis que je préfère et de loin." Et nous avons eu de la chance de pouvoir acheter beaucoup de peintures de Luis, que nous avons pu mettre aux murs de notre studio. Nous avons en plus eu l'honneur de rencontrer ce génie extraordinaire, dont la personne dépasse le talent. Nous ne parlons pas un mot d'espagnol, Luis ne parle pas un mot d'anglais, mais la passion et le respect que nous sentons pour ce grand homme ébranle toutes les barrières possibles.

Je me suis senti honoré quand on m'a demandé d'écrire une introduction pour cette merveilleuse collection des travaux d'un dessinateur que j'admire tant, et je sais que les légions de fans qu'il a déjà, ressentiront autant d'émotion que moi au moment d'ajouter cet ouvrage à leur collection de livres préférés.

Longue vie à Luis!

Kevin Eastman

K E V I N   E A S T M A N – *Los Angeles 2003*

Herausgeber des Heavy Metal Magazine und Miterfinder der Serie Teenage Mutant Ninja Turtles *- Editeur de la revue Heavy Metal et un des créateurs de la série* Les tortues Ninja

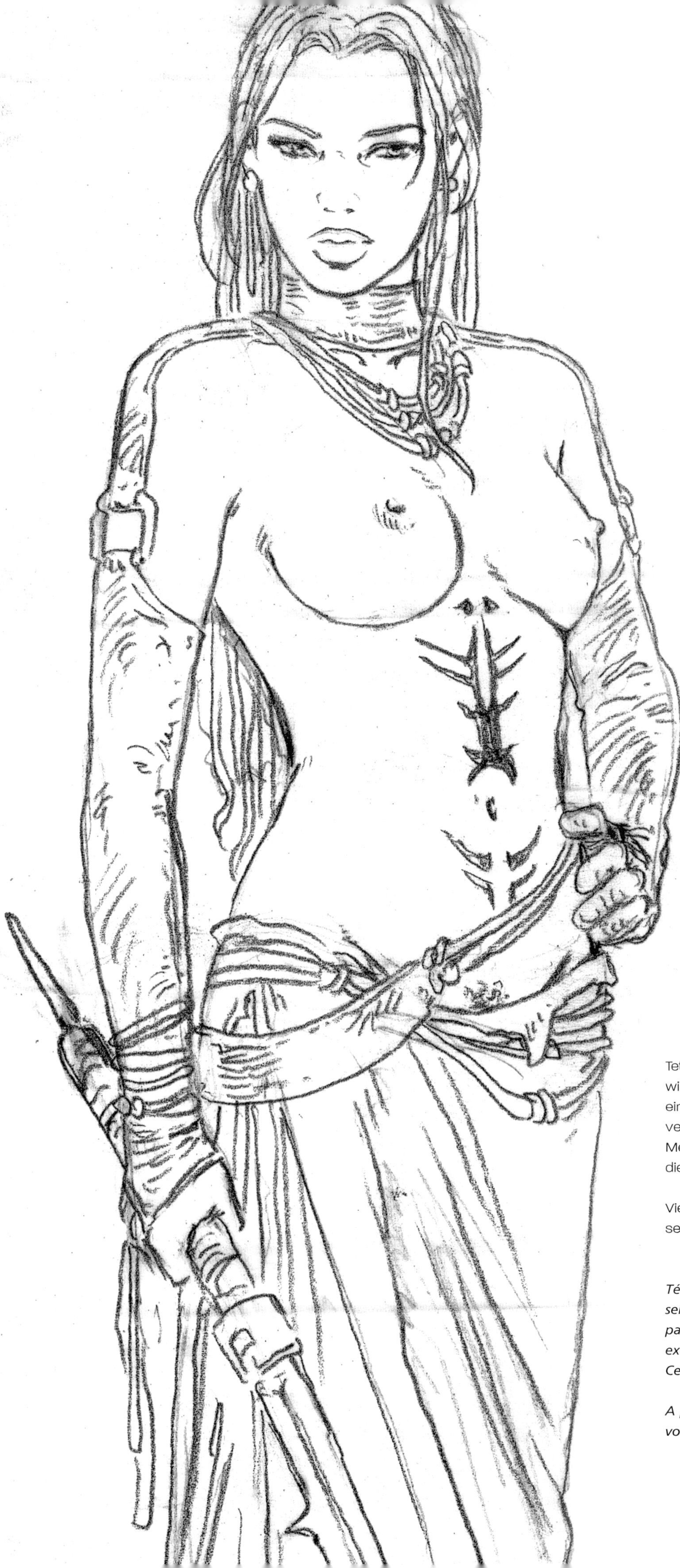

Tetragramm, das höchste Wort der Magie, bedeutet: „Es ist, was sein wird". Du brauchst nur davon zu träumen, mit Hilfe dieses Wortes eine weiße Seite zu verwandeln und es hat die Kraft, alle Dinge zu verändern, was es auch sein mag, auch wider den gesunden Menschenverstand und die Vernunft. Diese Verwandlung kann uns die Tür zur Erneuerung öffnen.

Vielleicht ist von dieser Seite an das, was du siehst, nur das, was du sehen willst.

Tétragramme, le mot suprême de la magie veut dire "C'est ce qui sera". La seule pensée que ce mot permettra la transformation d'une page en blanc avec des pigments, a le pouvoir de tout modifier, sans exception, à l'encontre même du sens commun et de l'évidence. Cette transformation peut nous ouvrir la porte de la rénovation.

A partir de cette page, ce que vous voyez correspond à ce que vous voulez voir.

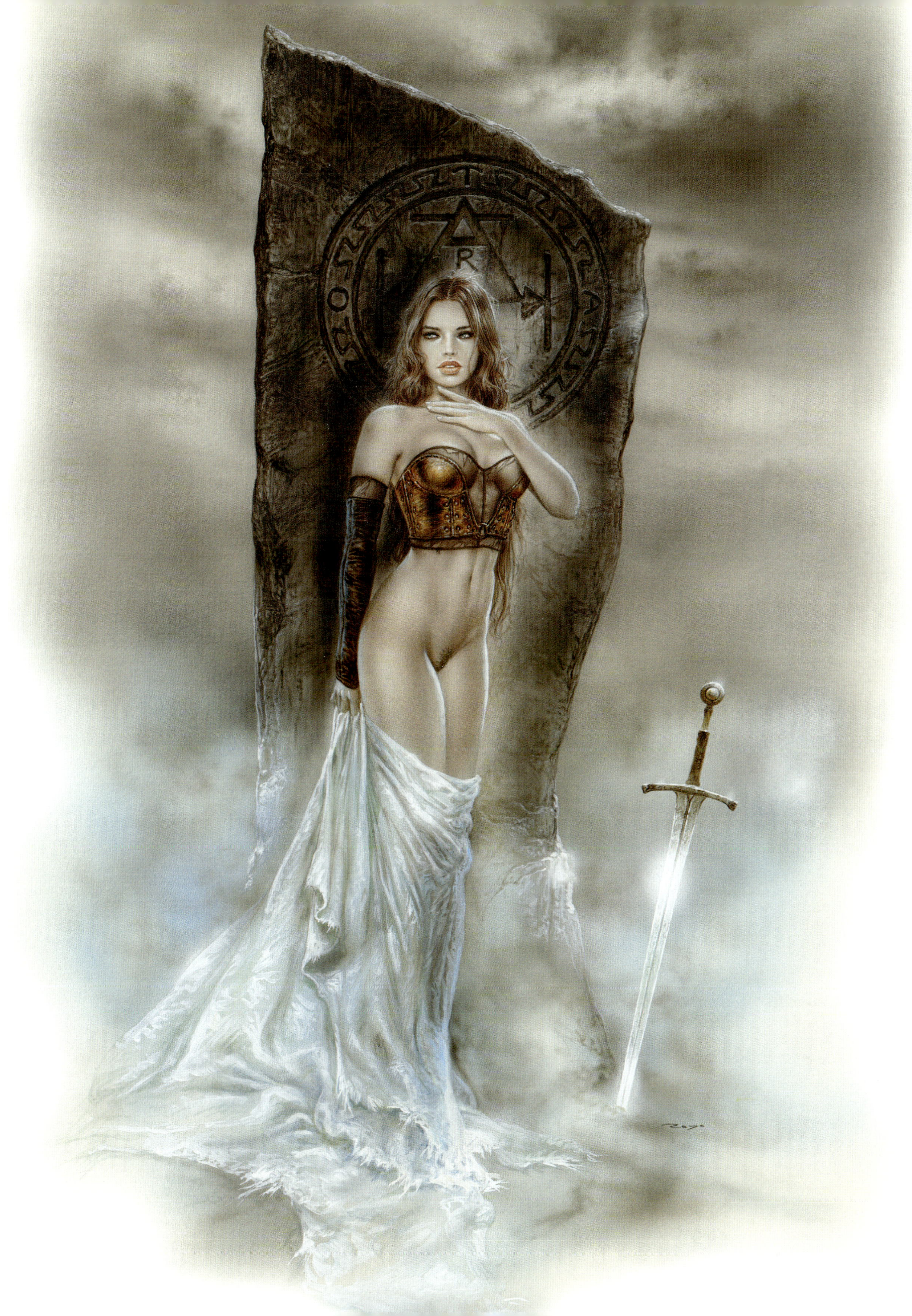

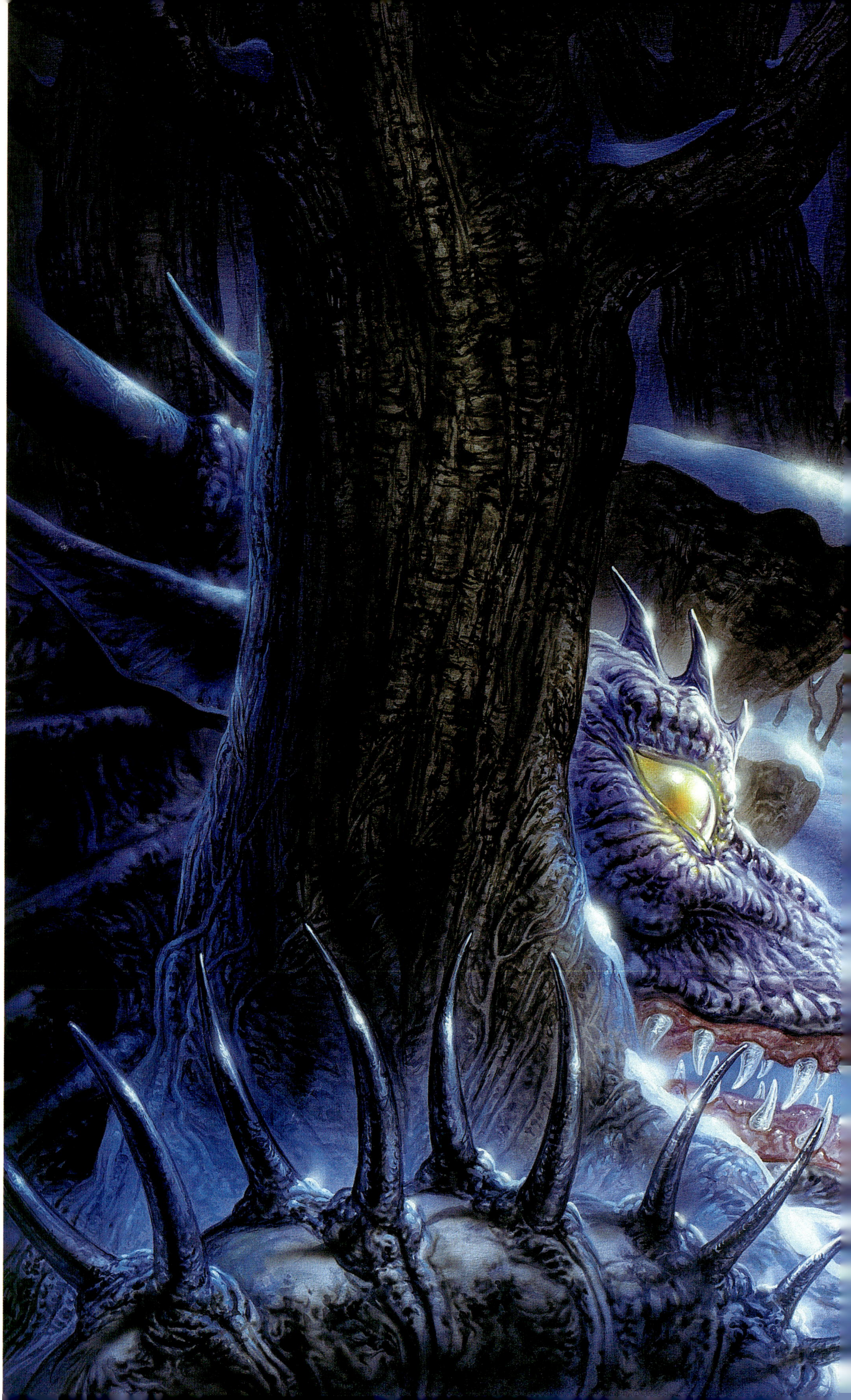

WINGS OF DREAMS 2 – *2002 (53 x 40 cm)*

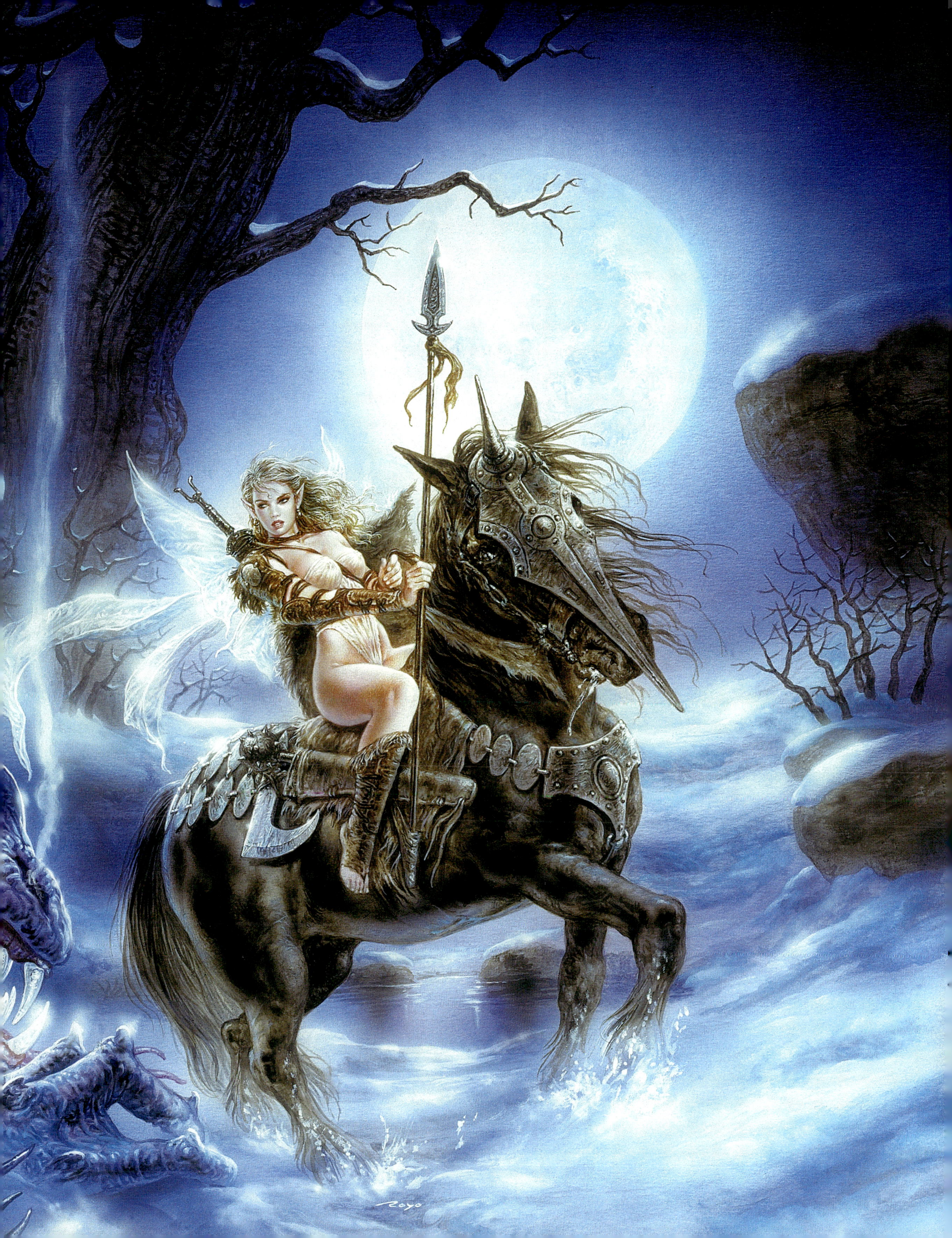
Royo

Energie.

Die Erleuchtung der Seherinnen, die Offenbarung der Propheten.

Die Schlange, der geheime Anfang dieser Welt und Instrument des Guten und des Bösen. Die Schlange der Legende erzählt, dass sie die Seele der Erde und der lebende Mittelpunkt der Hölle ist.

Energie.

L'illumination des pythonisses, la révélation des prophètes.

L'ancien serpent, principe occulté de ce monde est l'instrument de tout le bien et de tout le mal. L'ancien serpent de la légende raconte que c'est l'âme de la terre et le foyer vivant de l'enfer.

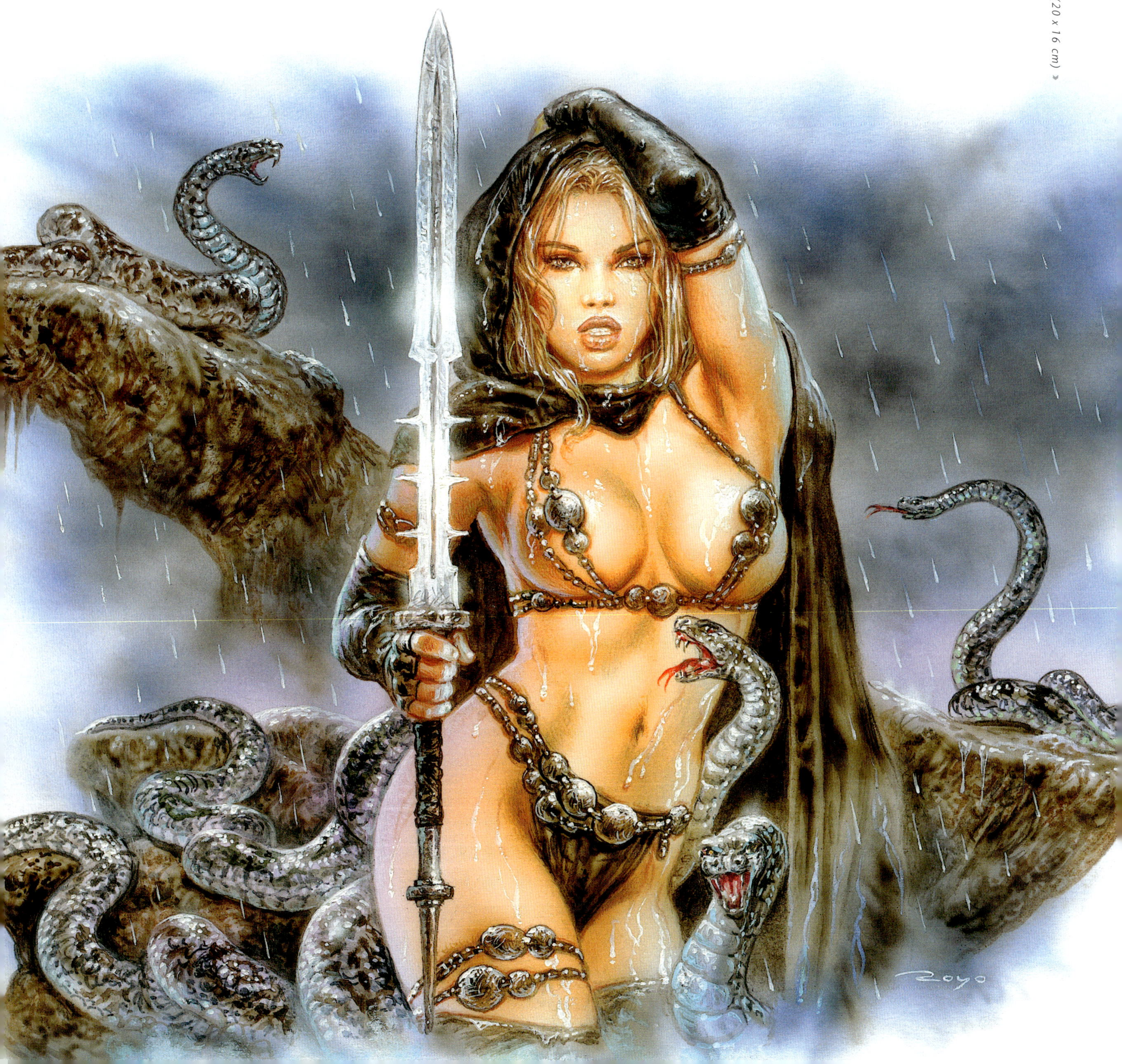

THE SERPENTS OF THE MOON I – *2001 (20 x 16 cm)* »

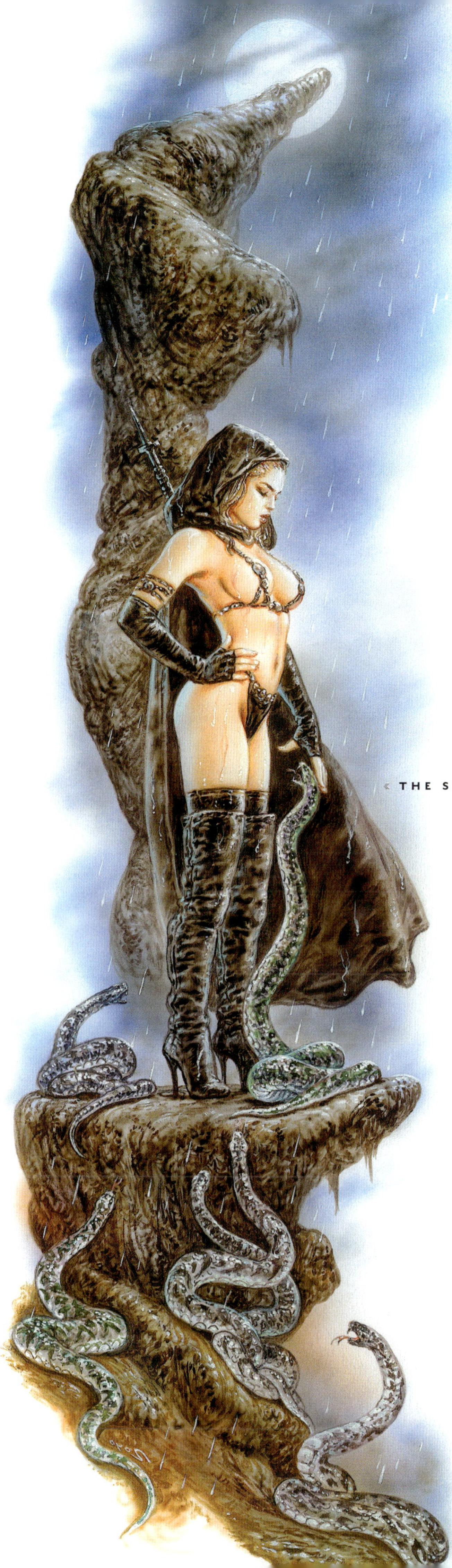

< **THE SERPENTS OF THE MOON II** – *2001 (12,5 x 41 cm)*

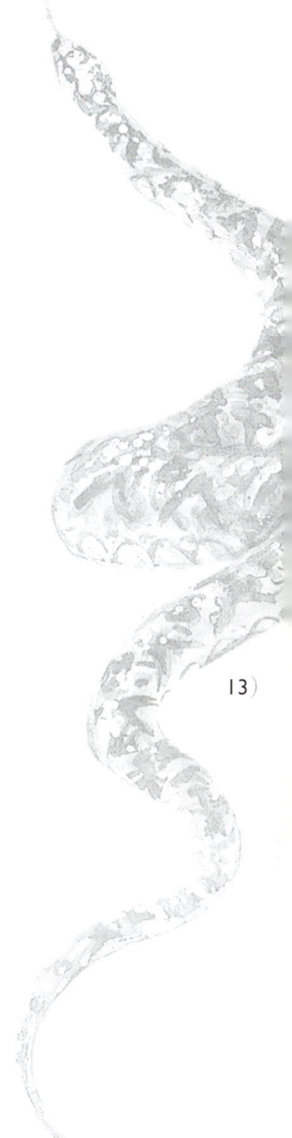

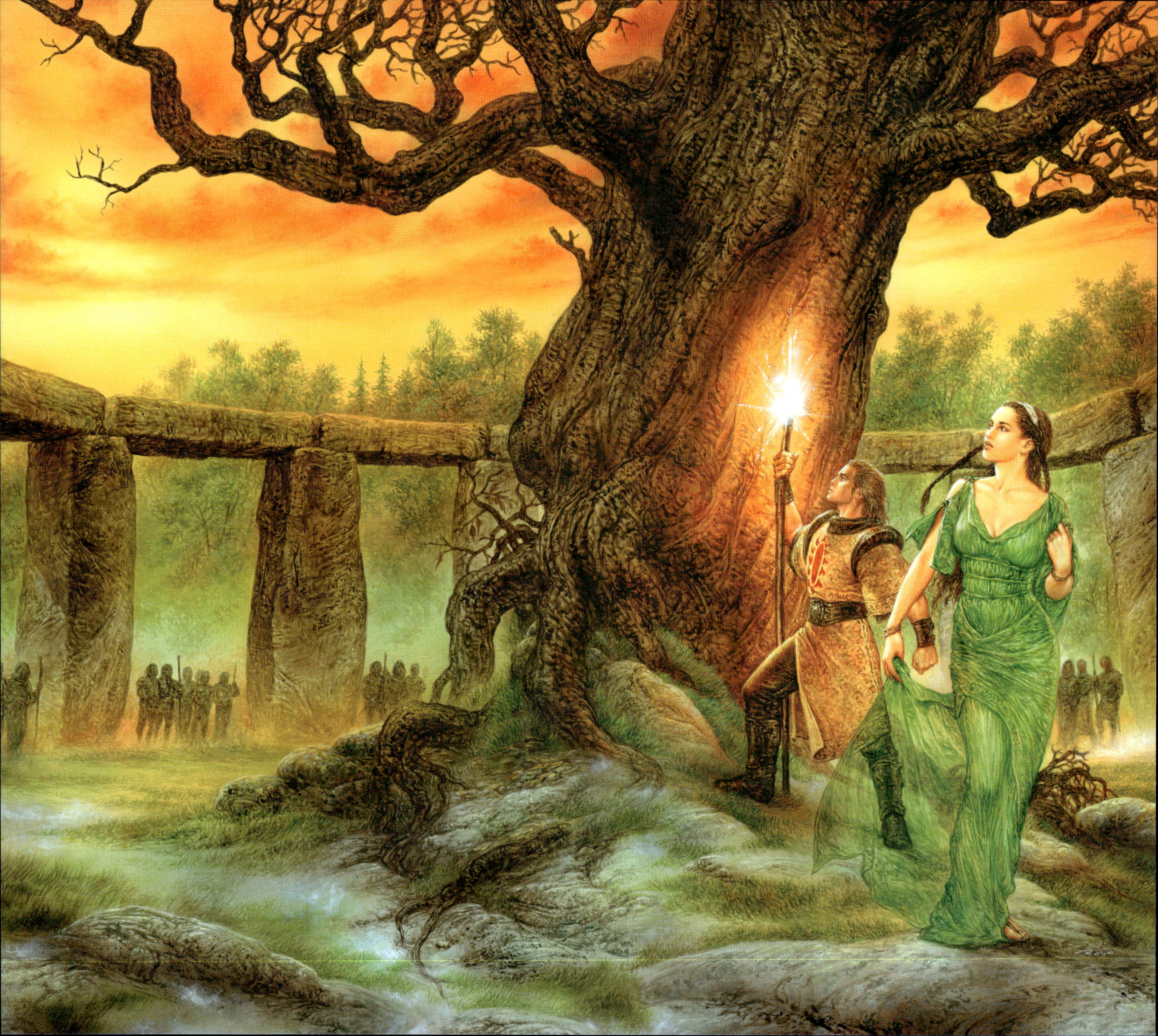

STARMAN – *2001 (56 x 36 cm)*

Der Baum trägt immer eine symbolische Bedeutung für den Menschen. Seit der Antike wird er verehrt.

L'arbre conserve toujours un symbolisme pour l'homme. Un culte lui a été voué depuis l'antiquité.

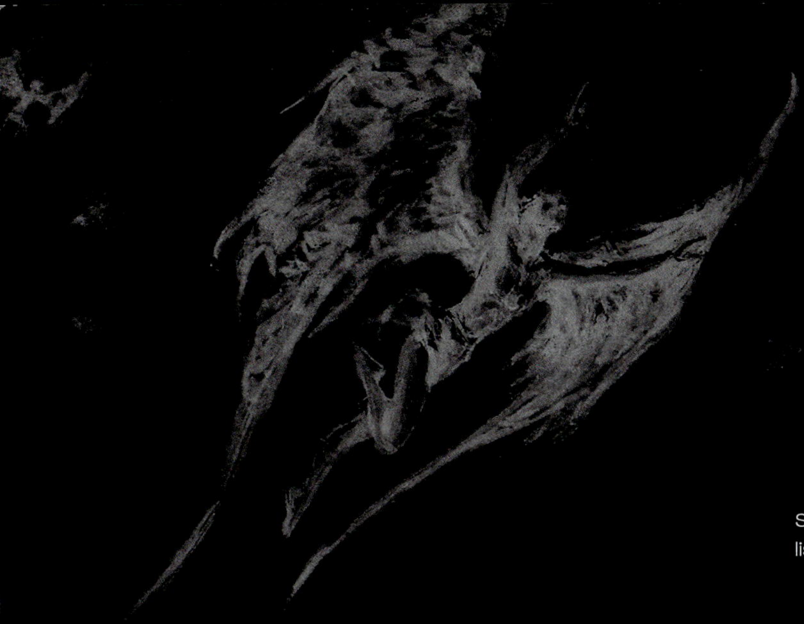

Schnee besteht aus Luft und Wasser, die auf der Erde miteinander verschmelzen. Er symbolisiert die Verherrlichung der Erde im Gegensatz zum Himmel.

La neige est l'air et l'eau, fondus sur la terre et symbolise la sublimation de cette même terre en contre point du ciel, dans un binôme blanc-bleu.

THE ENCHANTER – *2000 (53 x 36 cm)*

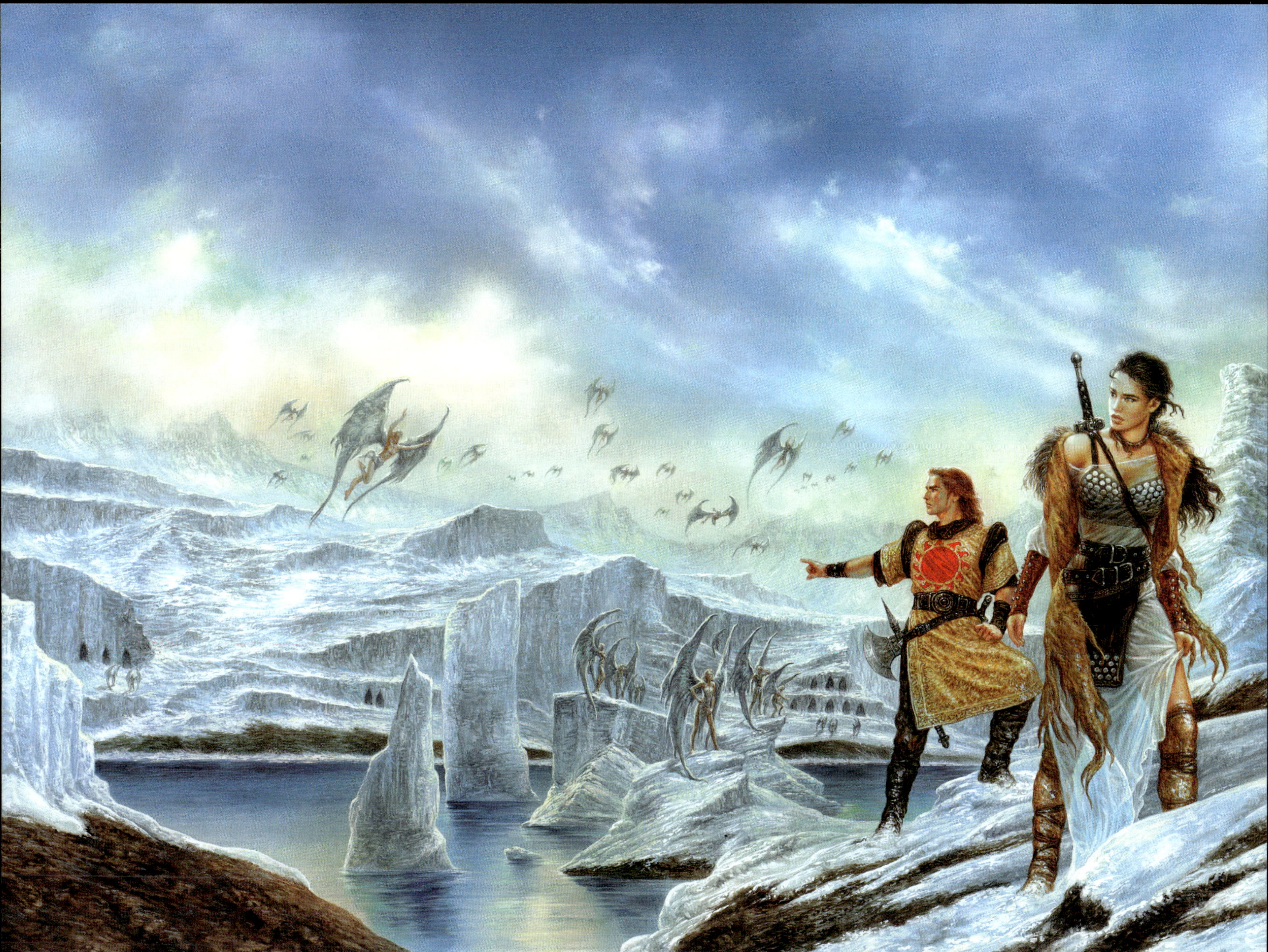

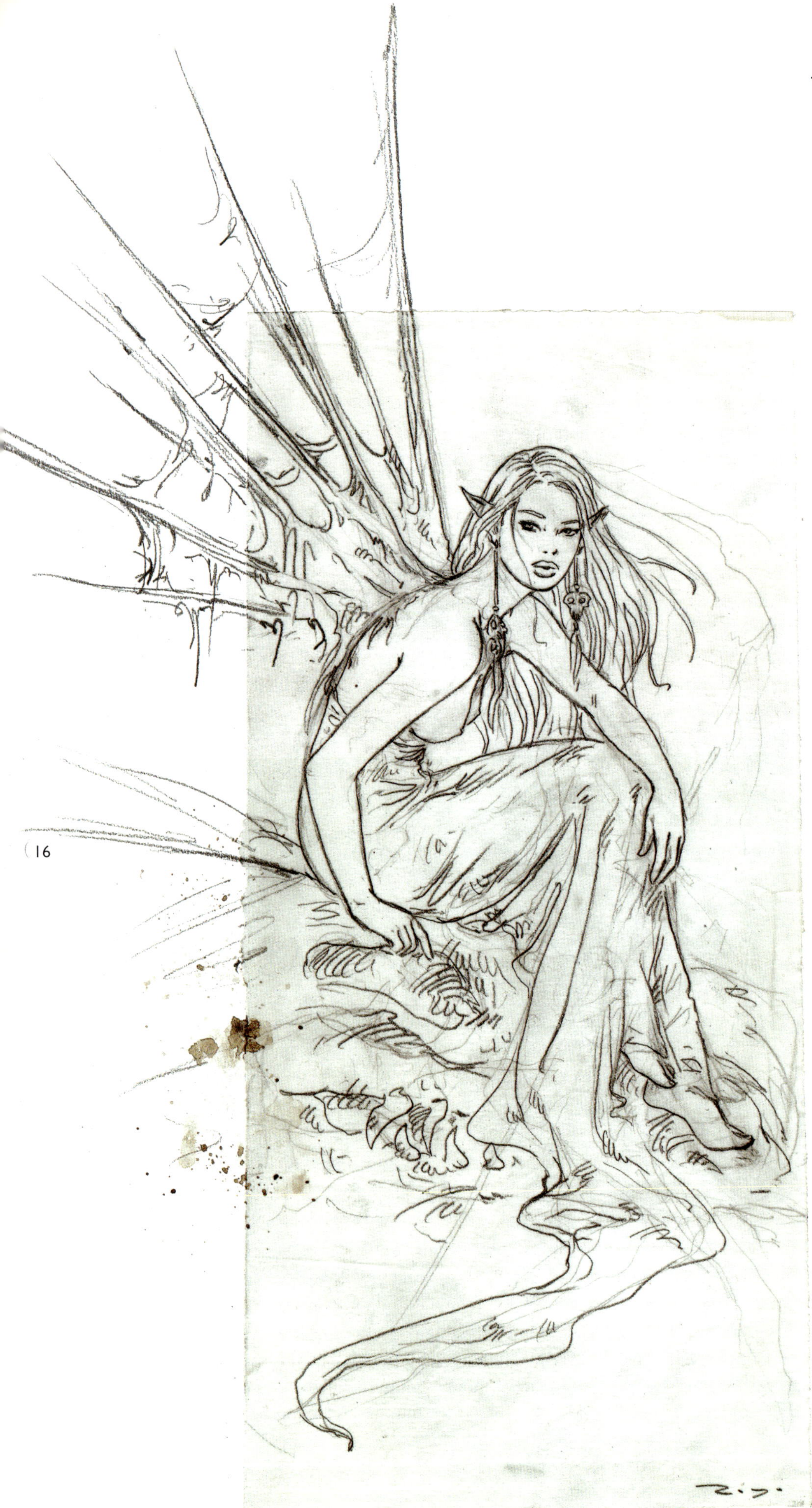

Der männliche Drache, der sich Schwefel nennt, fiel von der Sonne. Die Nacht hat das Ungleichgewicht gebracht. Die beiden geheimnisvollen Drachen kann man nicht mehr betrachten, der wahre Beginn der Weisheit, welche die Weisen vor den Augen ihrer Kinder verbergen. Nachts herrscht allein der weibliche Drache des Mondes, geflügelt und flatterhaft.

Le dragon mâle du Soleil tomba, au torse velu, nommé Soufre. La nuit annonce le déséquilibre. On ne peut plus contempler les deux dragons hermétiques, vrai principe du savoir que les savants eux-mêmes cachèrent à leurs enfants. Dans la nuit, le dragon femelle de la Lune règne, seul, ailé, au bec de lièvre volatile et humide.

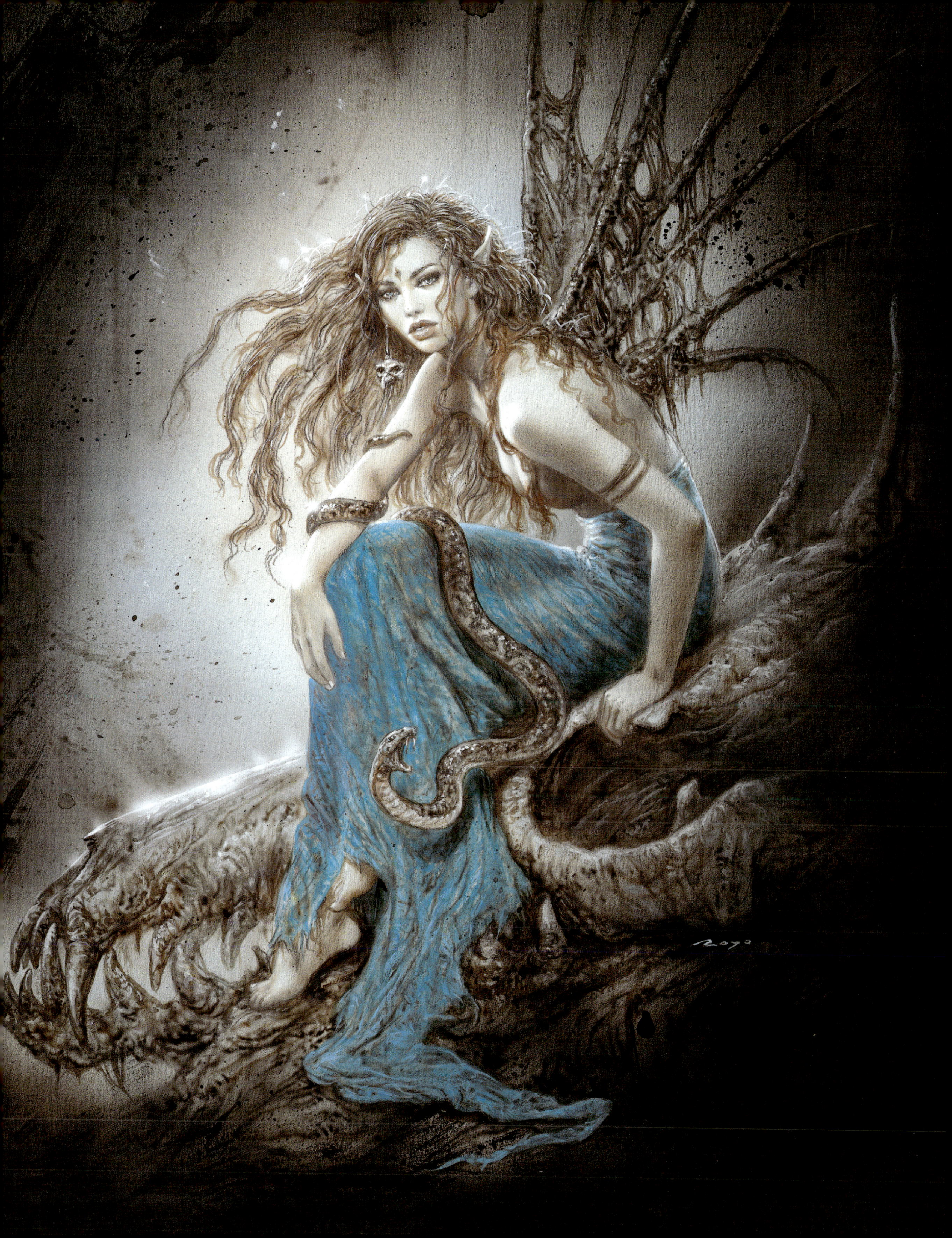
Royo

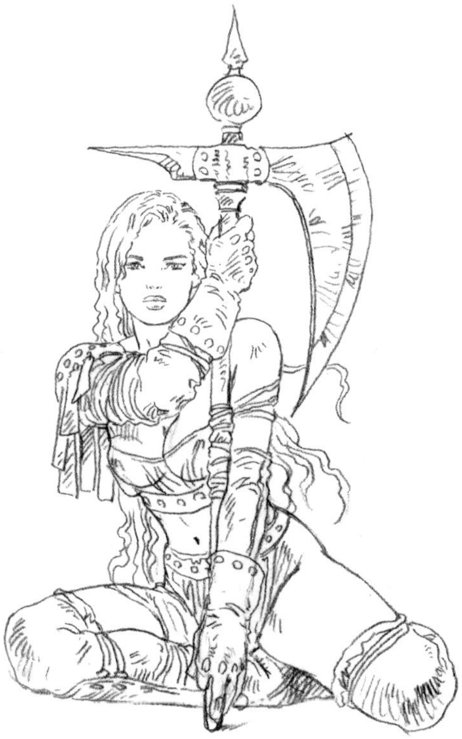

Nach Cornelius Agrippa ist Stein „der erste Stoff der Schöpfung, die reinste Medizin für unsere Erholung und unser Wohlbefinden.“ Er stellt fest, dass den vier einfachen Elemente Wasser, Luft, Erde und Feuer diejenigen Elemente folgen, die sich aus den ersten zusammensetzen: Stein, Metall, Pflanzen und Tiere.

Stein, der Anfang der Erde, symbolisiert in der Antike Einheit und Kraft.

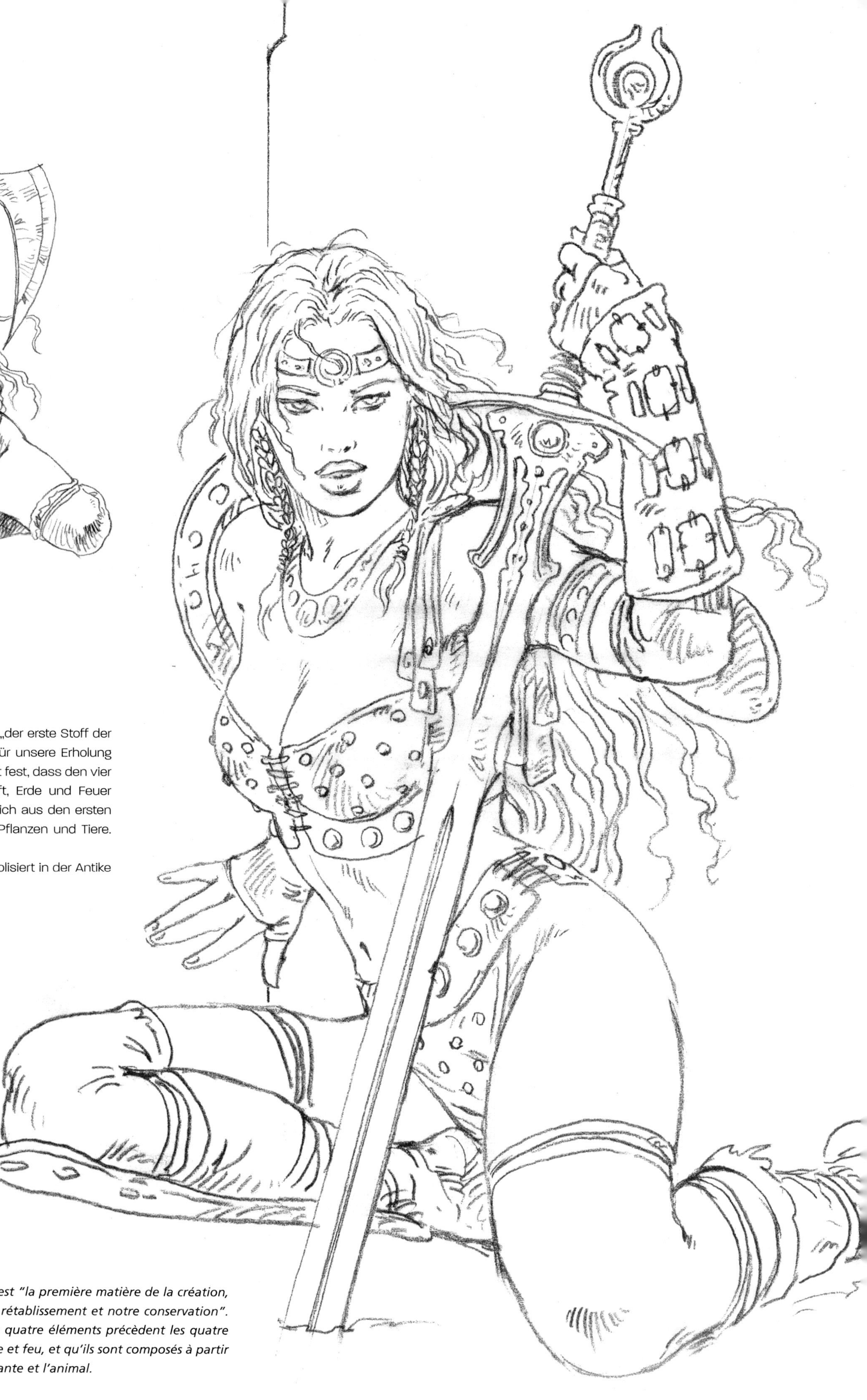

Selon Cornelius Agrippa, la pierre est "la première matière de la création, la plus pure médecine pour notre rétablissement et notre conservation". Ce dernier affirme également que quatre éléments précèdent les quatre éléments dits simples; eau, air, terre et feu, et qu'ils sont composés à partir de ceux-ci: la pierre, le métal, la plante et l'animal.

La pierre, au début de la terre, symbolise dans l'antiquité l'unité et la force.

THE ROCK OF CREATION – *2002 (29 x 42 cm)* »

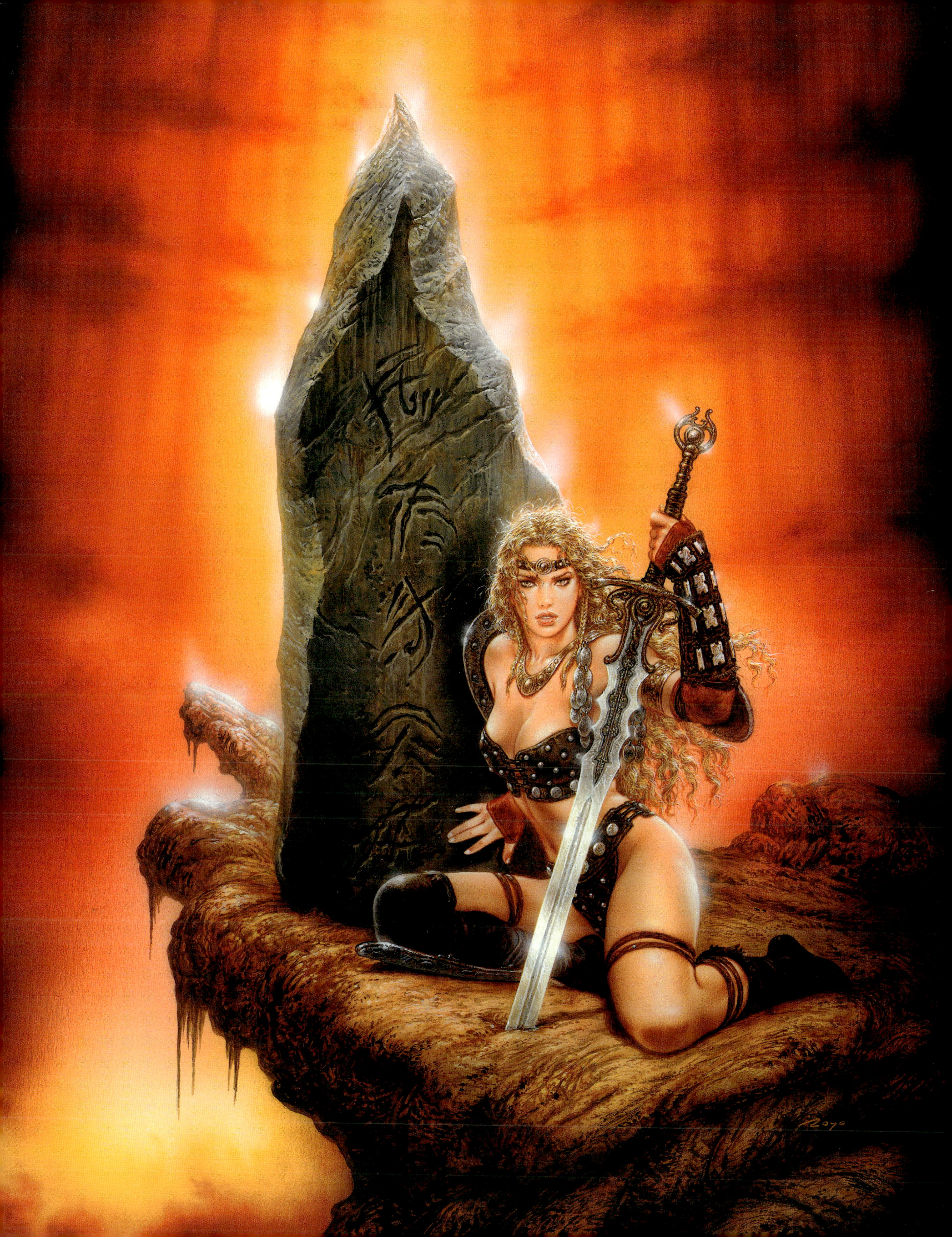

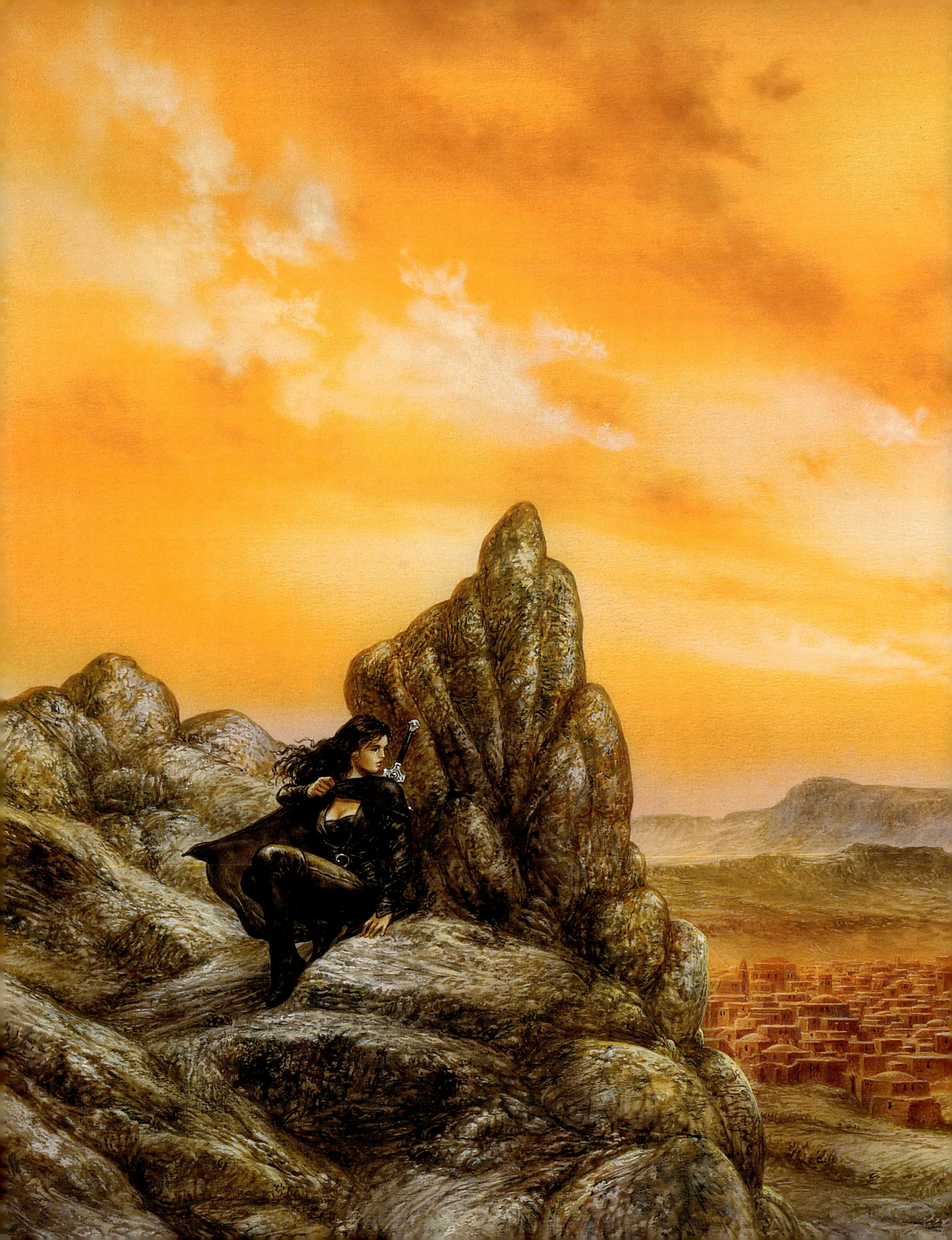

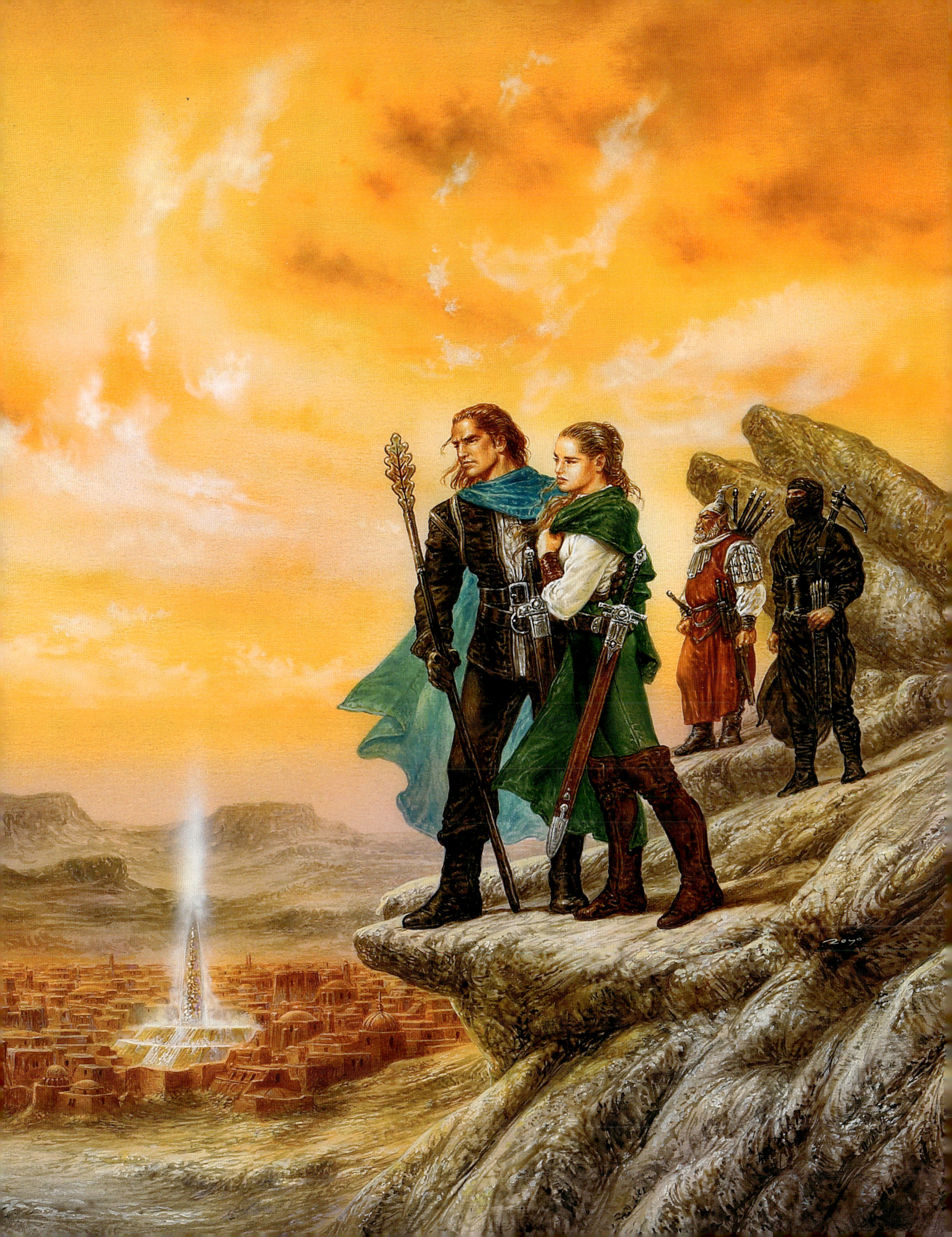

« RHAPSODY IV – *2001 (51 x 35 cm)*

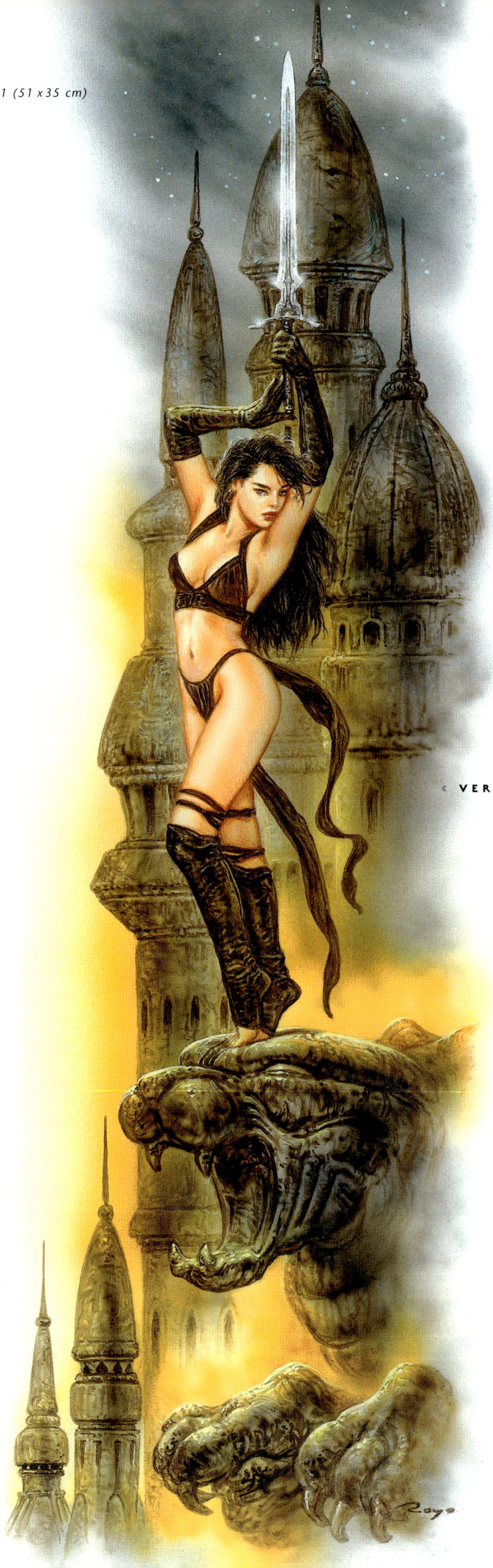

« VERTICAL TO THE COLUMN II – *2001 (12,5 x 41 cm)*

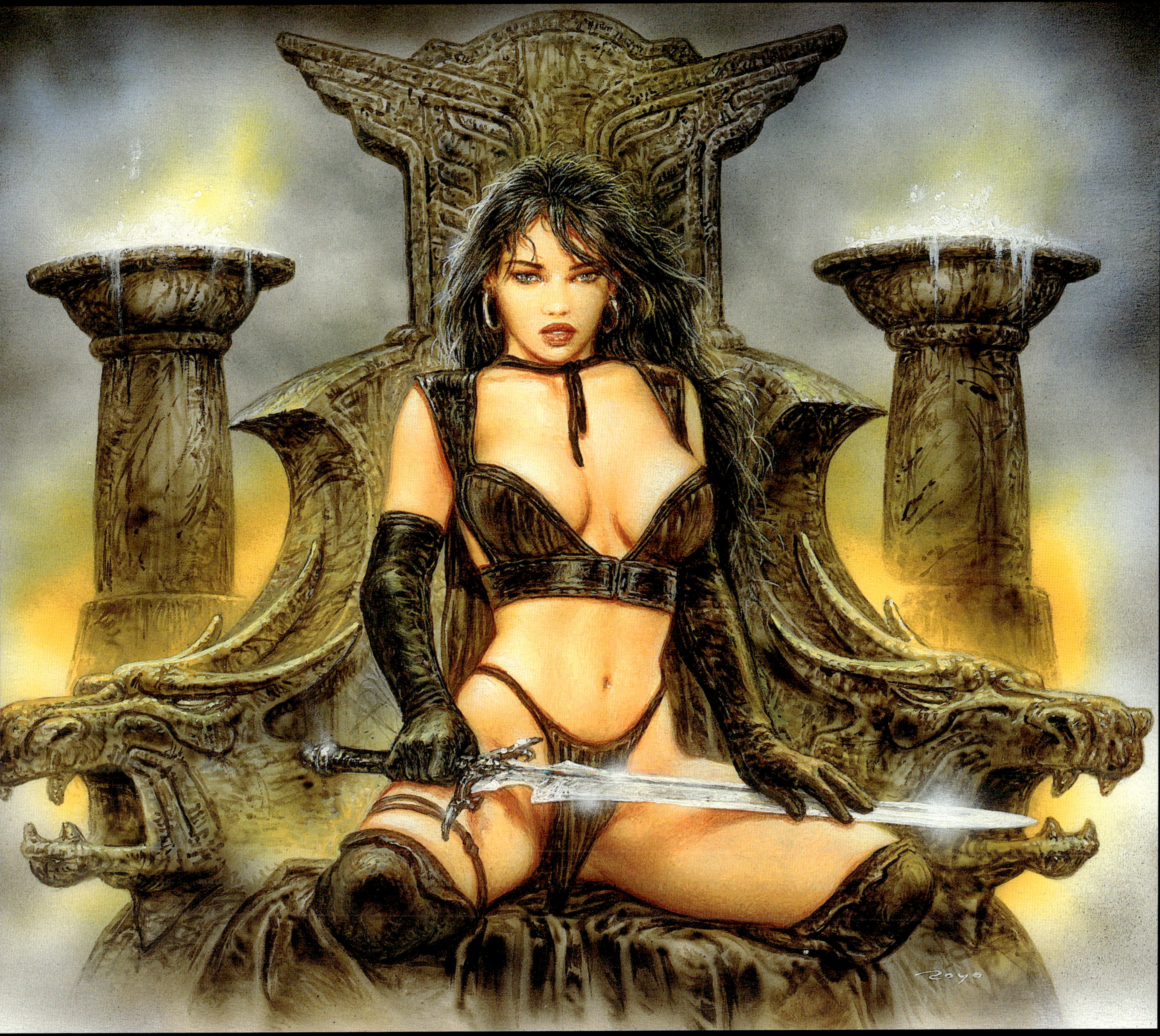

VERTICAL TO THE COLUMN I – *2001 (20 x 16 cm)*

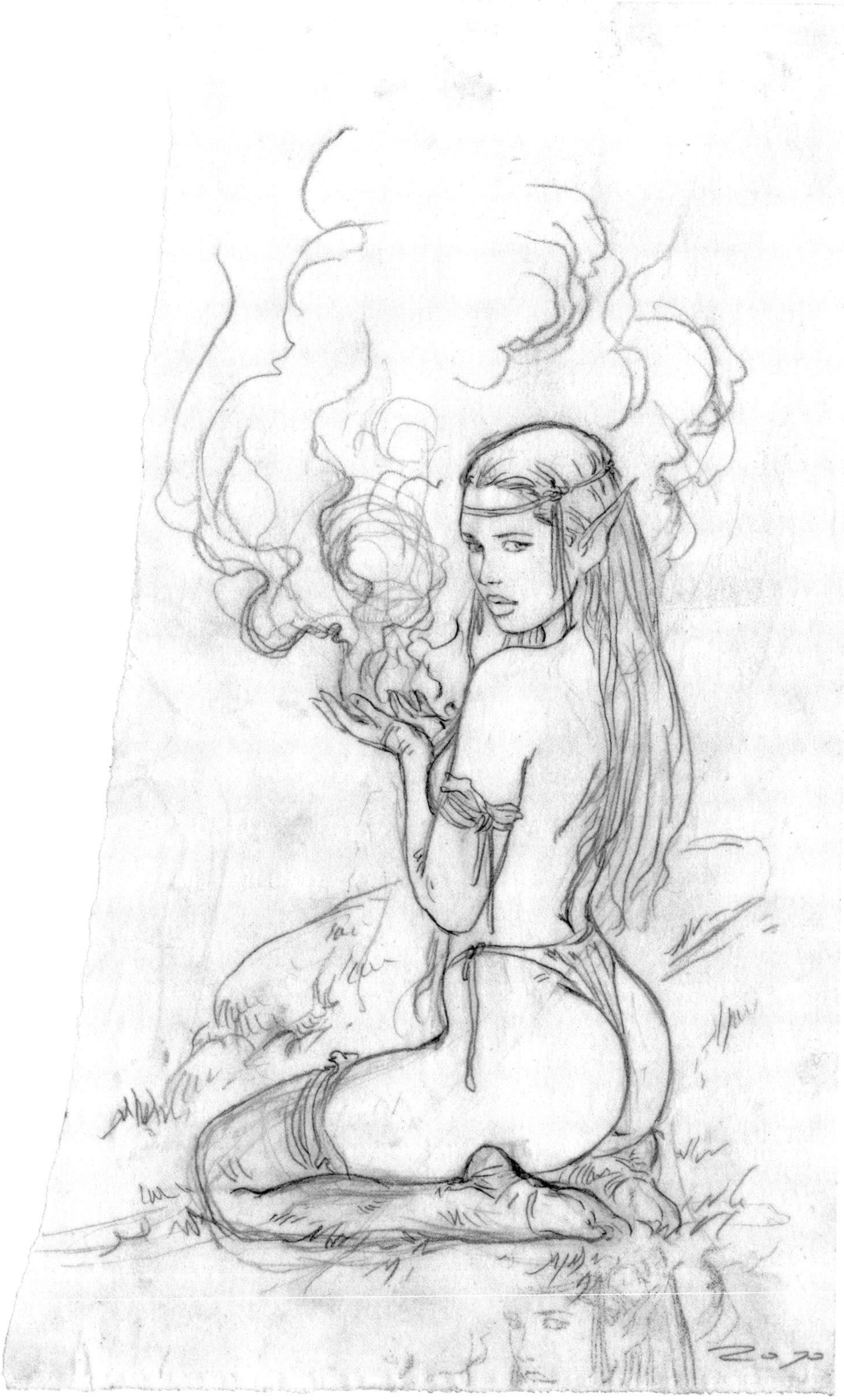

Nebel und Rauch. Gold und Alchemie.

Der Rauch, der beim Aufsteigen die Verbindung zwischen Himmel und Erde darstellt. Die Achse der Welt.

Gold, der erste Schwefel, der Stoff, aus dem der Stein der Weisen besteht. Sein Zeichen ist die grüne Frucht, und nicht die reife, am Baum der Wissenschaft.

Brume et fumée. Or et alchimie.

La fumée, quand elle s'élève, représente la relation entre le ciel et la terre, l'axe du monde.

L'or, le premier soufre, la matière de la pierre philosophale. Son signe est le fruit vert et non pas le fruit mûr, de l'arbre de la science.

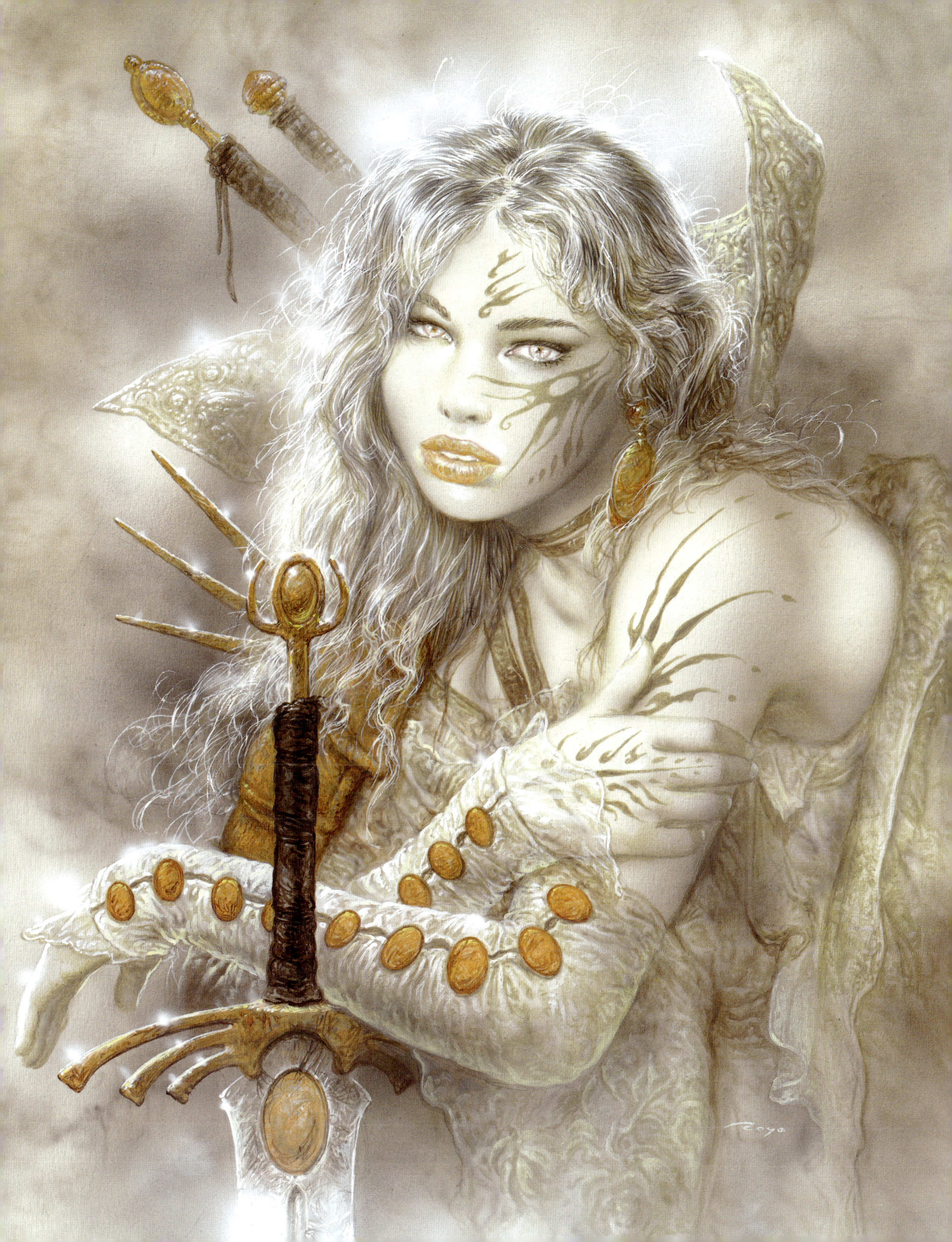

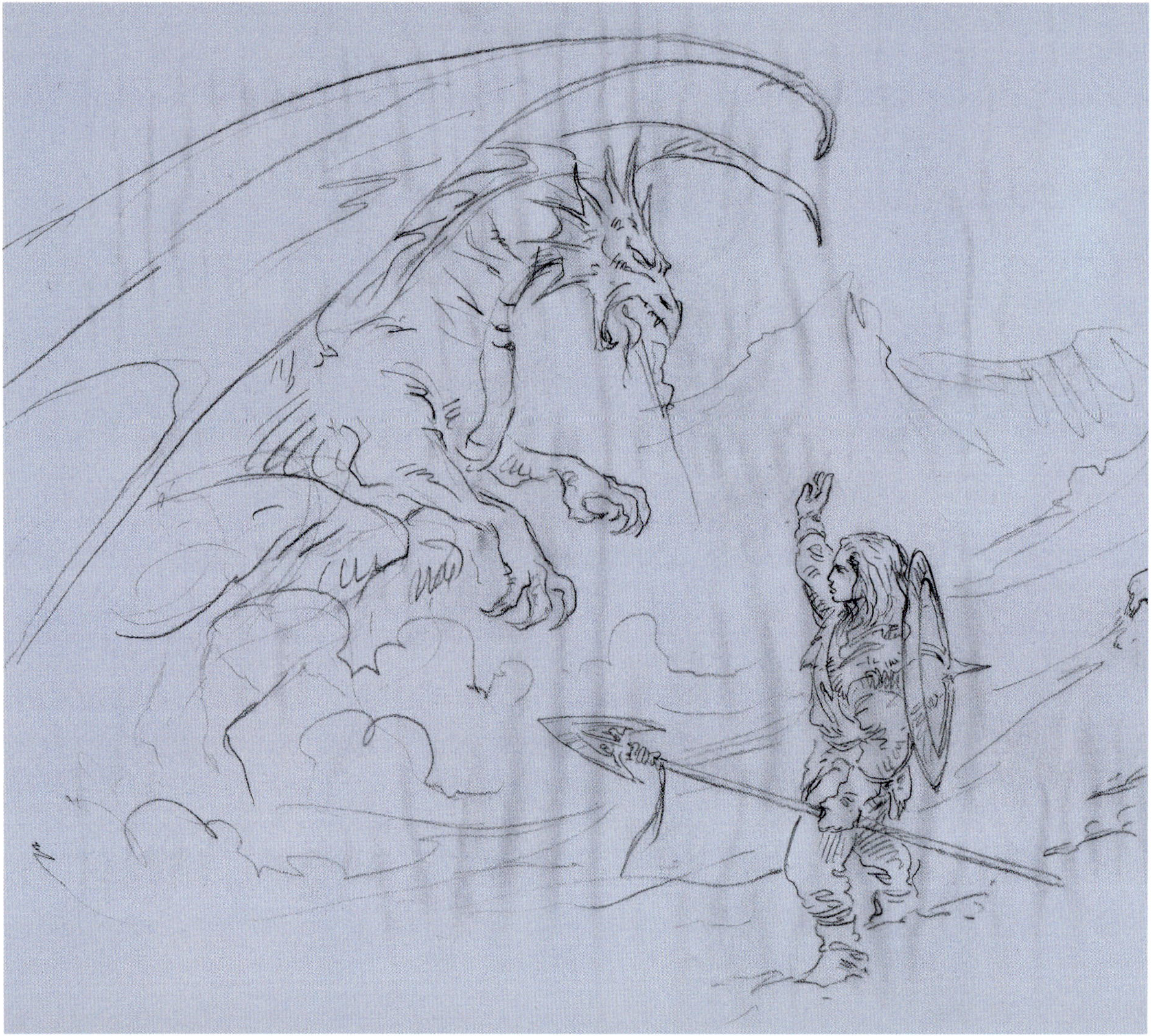

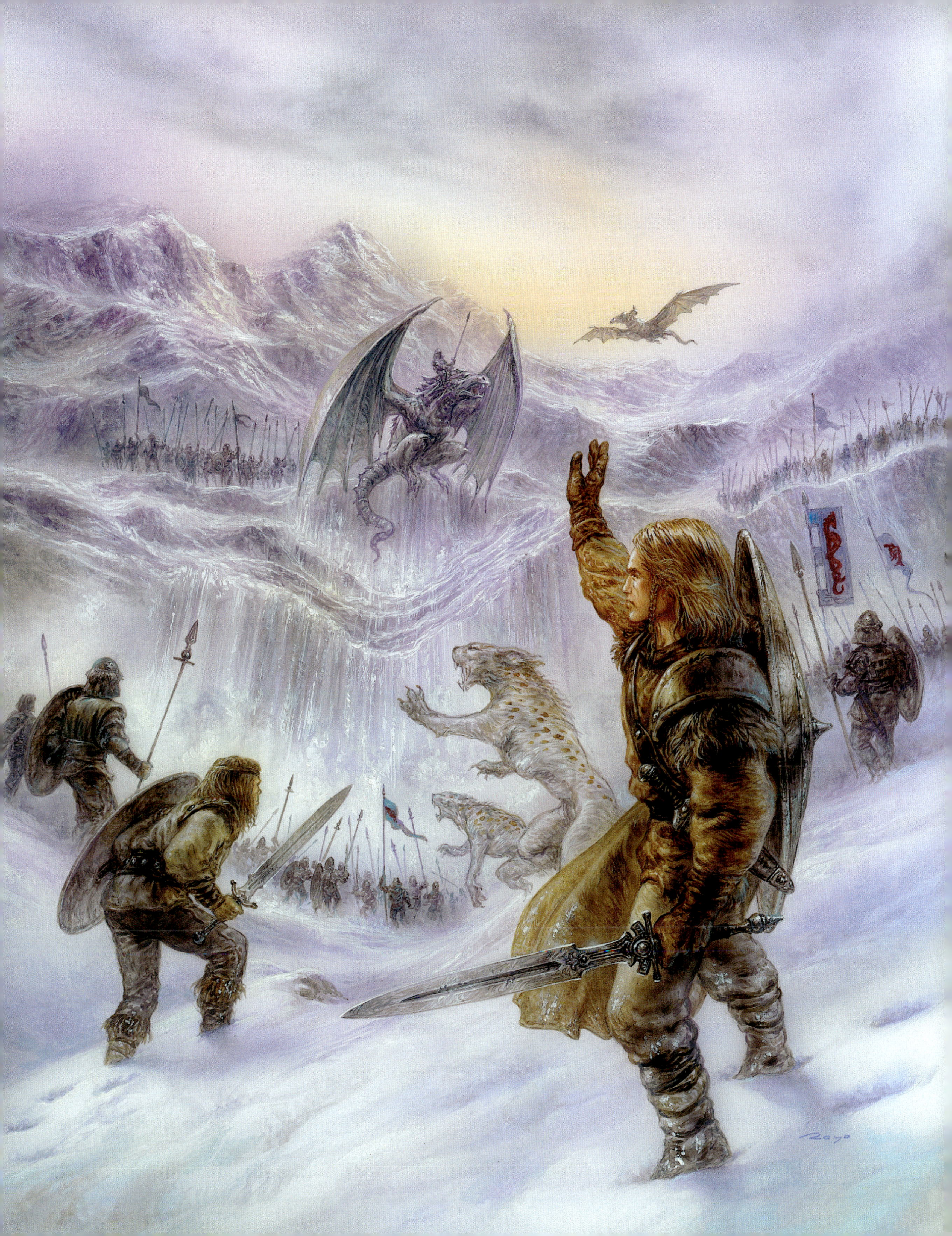
Royo

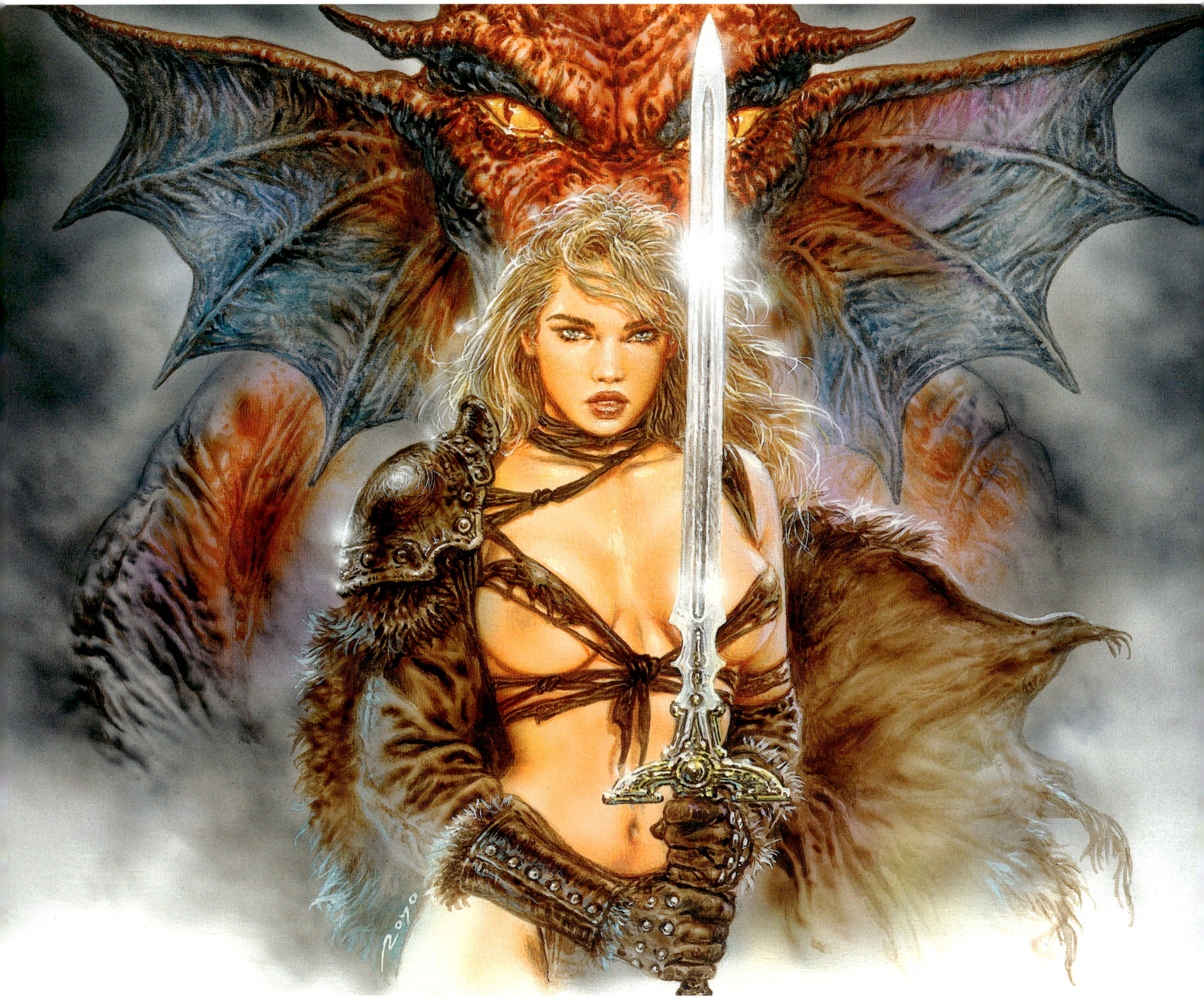

DREAM OF THE DRAGON I – *2001 (20 x 16 cm)*

Der Drache in den Augen des Ostens. Symbol des Lebens, der schöpferischen und belebenden Kraft, Symbol der Macht. Er ist zu gleich das Yin und das Yang, zwei Prinzipien, die sich ergänzen und sich widersprechen, die aus dem Drachen Vogel und Fisch machen, Wasser und Feuer, Regen und Erde, Mond und Sonne.

Le dragon selon le point de vue oriental. Symbole de la vie, la force créatrice et vivifiante, le symbole du pouvoir. C'est en même temps, le yin et le yan, les deux principes complémentaires et opposés, qui font du dragon oiseau et poisson, eau et feu, pluie et terre, Lune et Soleil.

DREAM OF THE DRAGON II – *2001 (12,5 x 41 cm)* »

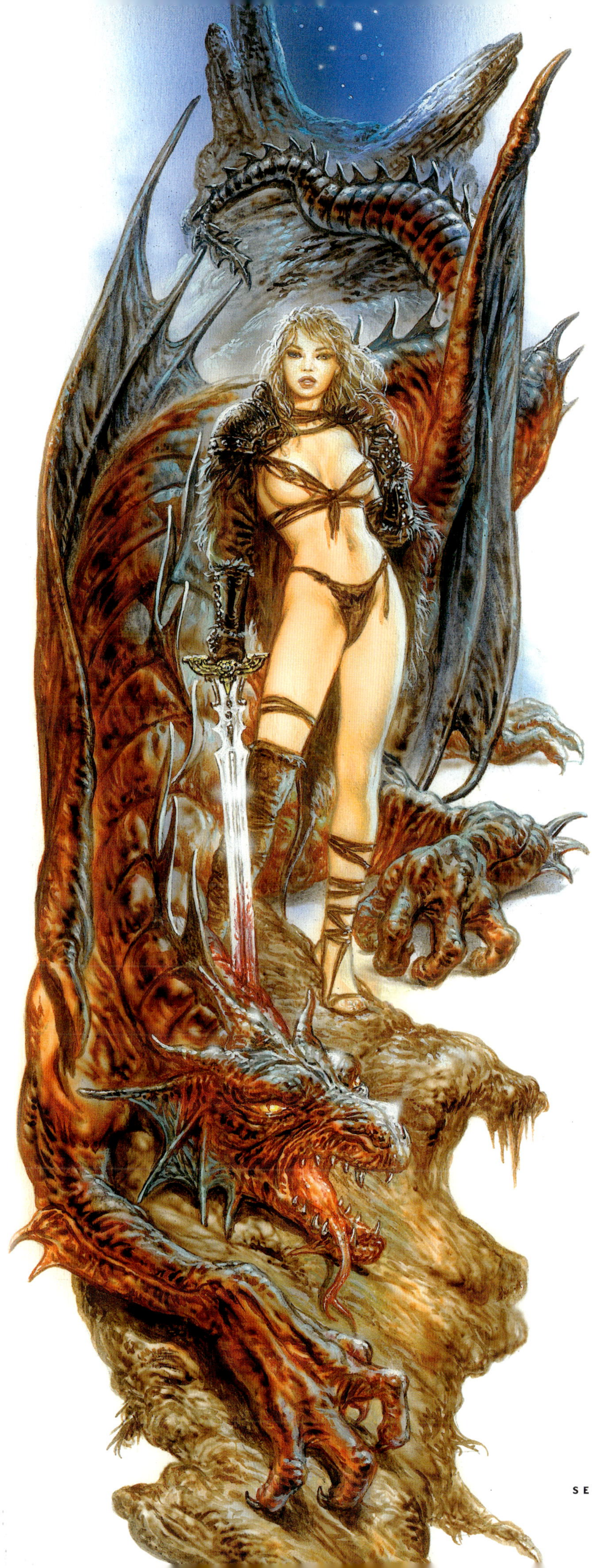

29

SEVEN BROTHERS – *2001 (49 x 36 cm)* »»

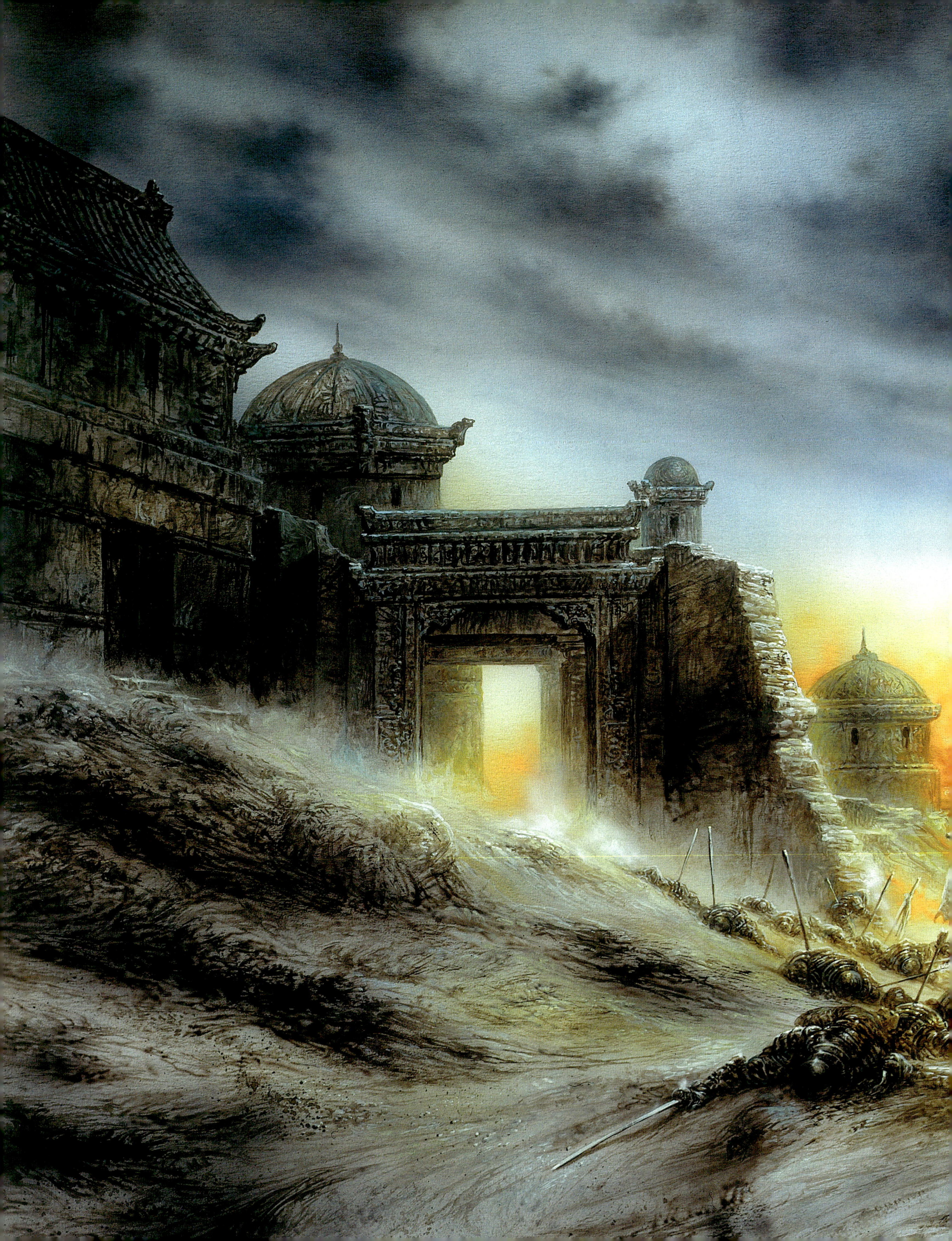

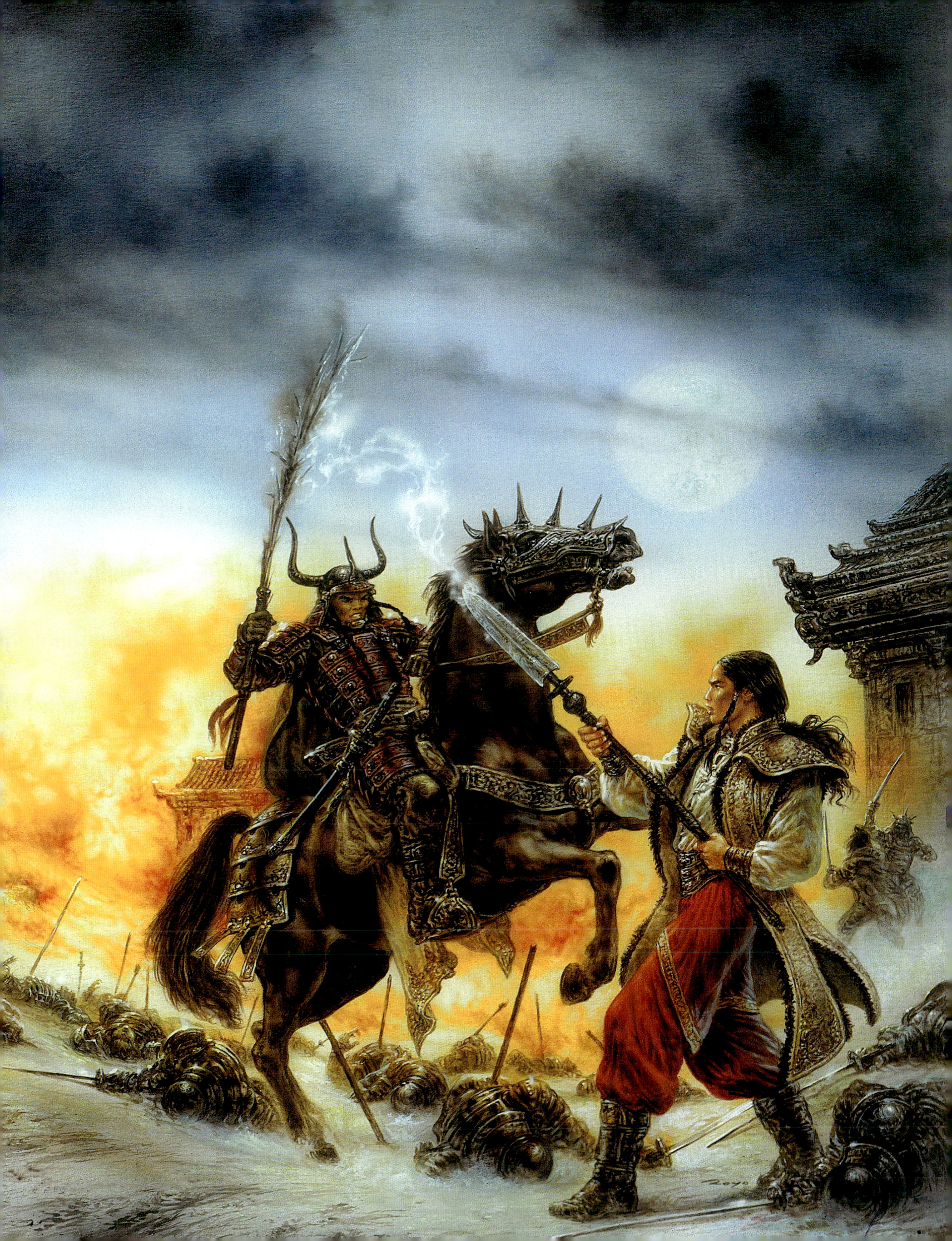

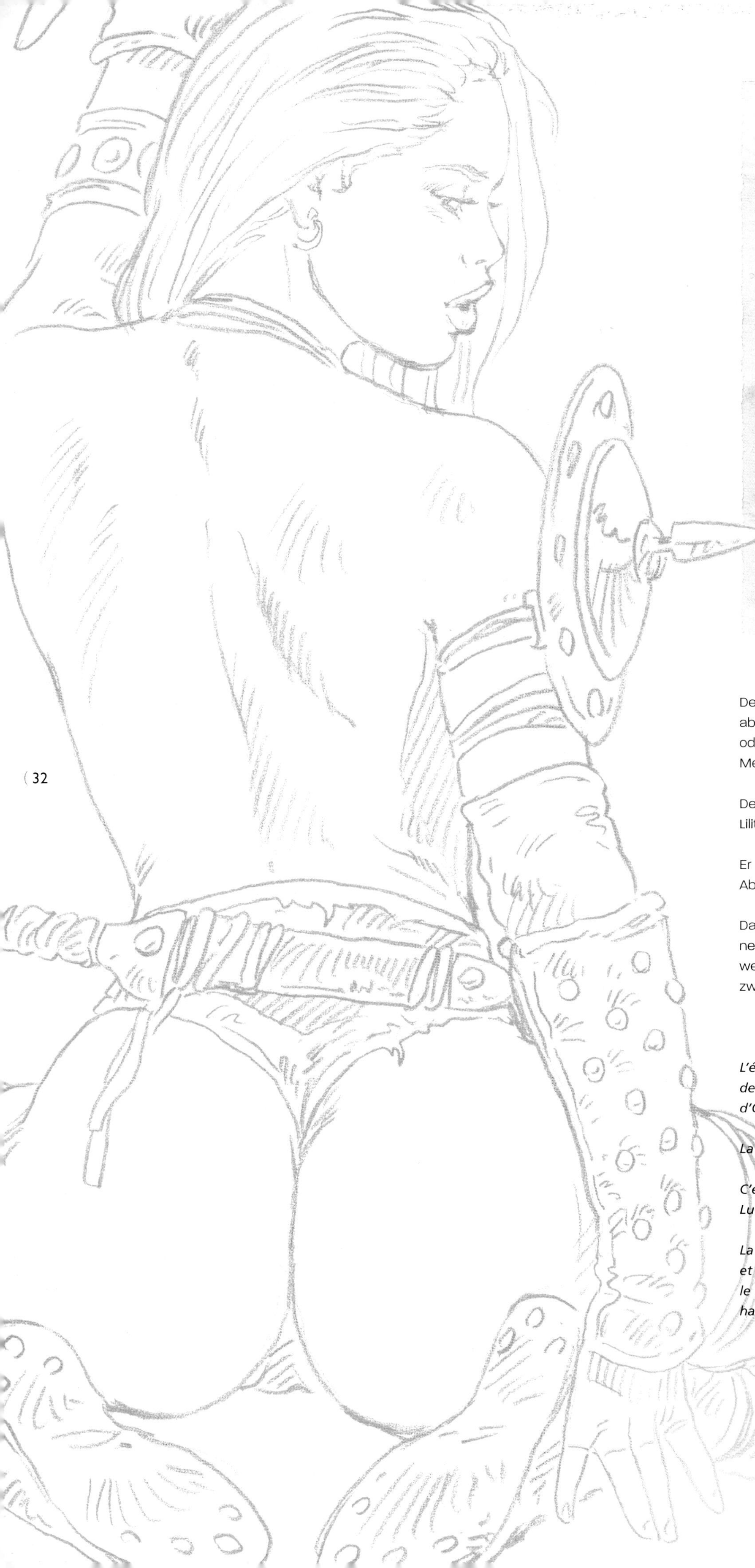

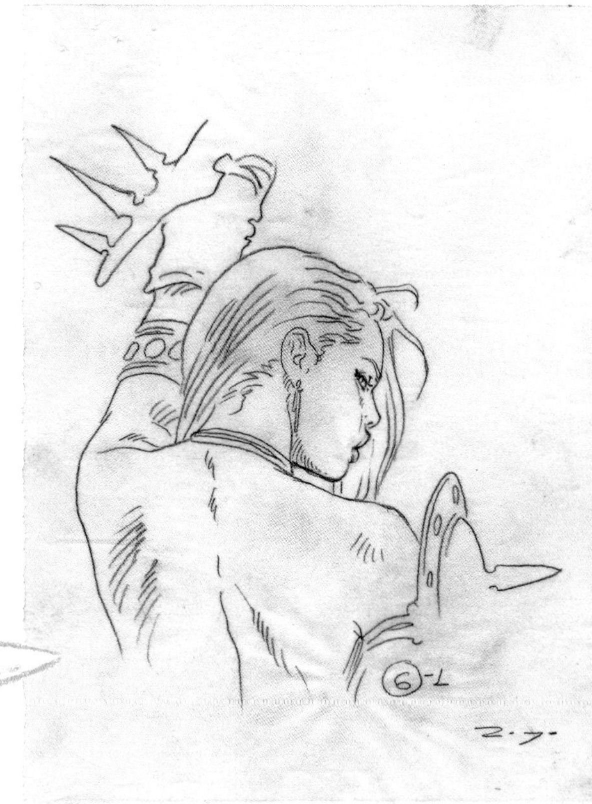

Der flammensprühende Stern, der Stern der Magier, ist das absolute Symbol der Magie, das Gut oder das Böse, Ordnung oder Chaos. Das Lamm von Ormuz oder der Ziegenbock von Mendes.

Der Sieg oder der Tod. Das Licht oder der Schatten. Maria oder Lilith.

Er ist Weihung oder Schändung. Der Morgenstern oder der Abendstern. Luzifer oder Hesperus.

Das Pentagramm ist die Figur des menschlichen Körpers, mit seinen vier Gliedern und dem Kopf. Es symbolisiert den Erlöser, wenn einer der Strahlen nach oben weist, oder Satan, wenn es zwei Strahlen sind, die über ihm empor ragen.

L'étoile flammigère, étoile des magiciens, est le symbole absolu de la magie, le bien ou le mal, l'ordre ou le désordre. Le mouton d'Ormuz ou le bouc de Mendés.

La victoire ou la mort. La lumière ou l'ombre. Marie ou Lilith.

C'est l'initiation ou la profanation. L'étoile du matin ou du soir, Lucifer ou Vesper.

La portée est la figure du corps humain, avec ses quatre membres et sa tête. Elle représente le Sauveur, quand un des rayons va vers le haut ou Satan, quand il y a deux rayons qui s'élèvent vers les hauteurs.

THE PENTAGRAM – *2002 (29 x 42 cm)* »»

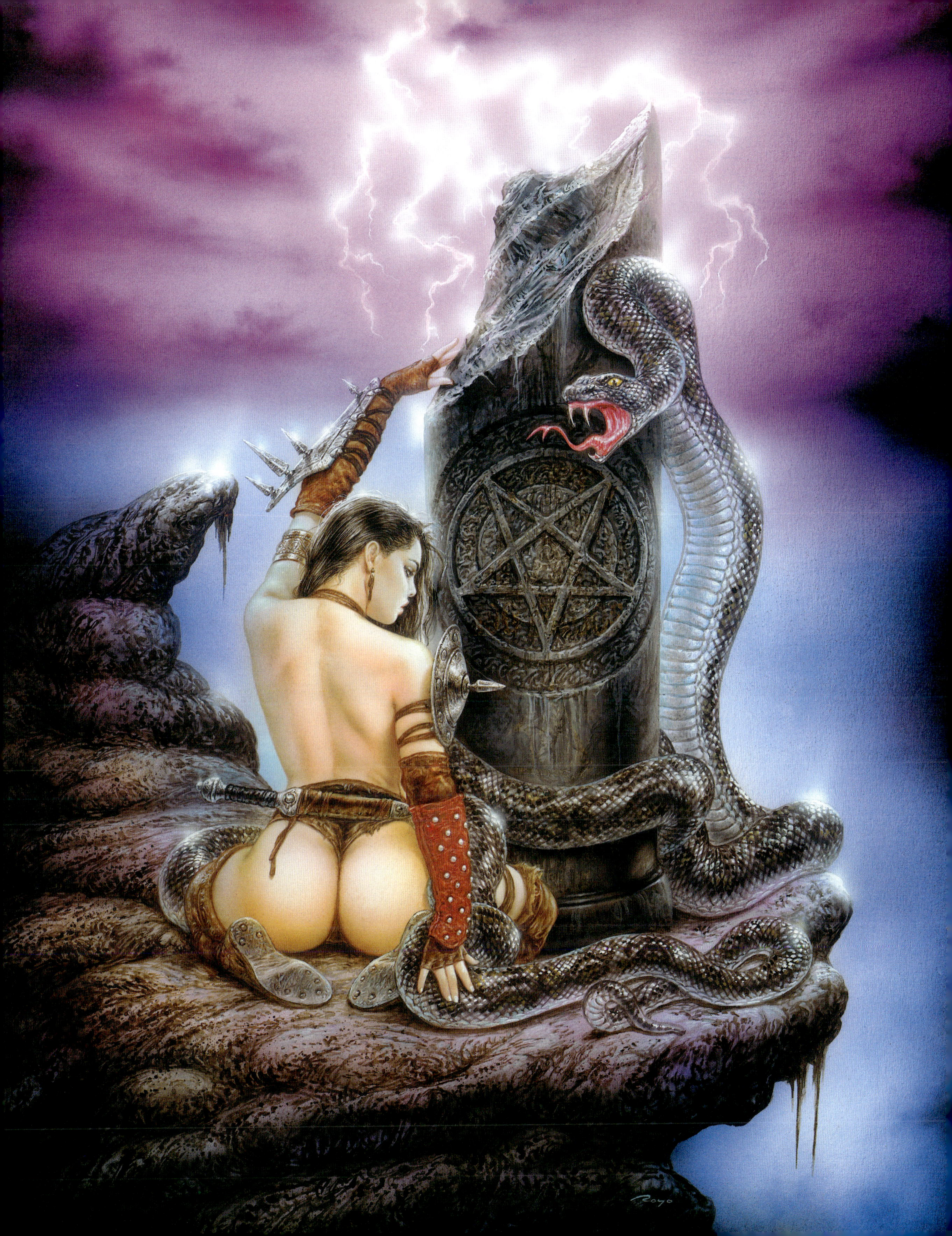
Royo

TWINS 2 IN 1 - *2001 (27,5 x 41,5 cm)*

SKETCH 1

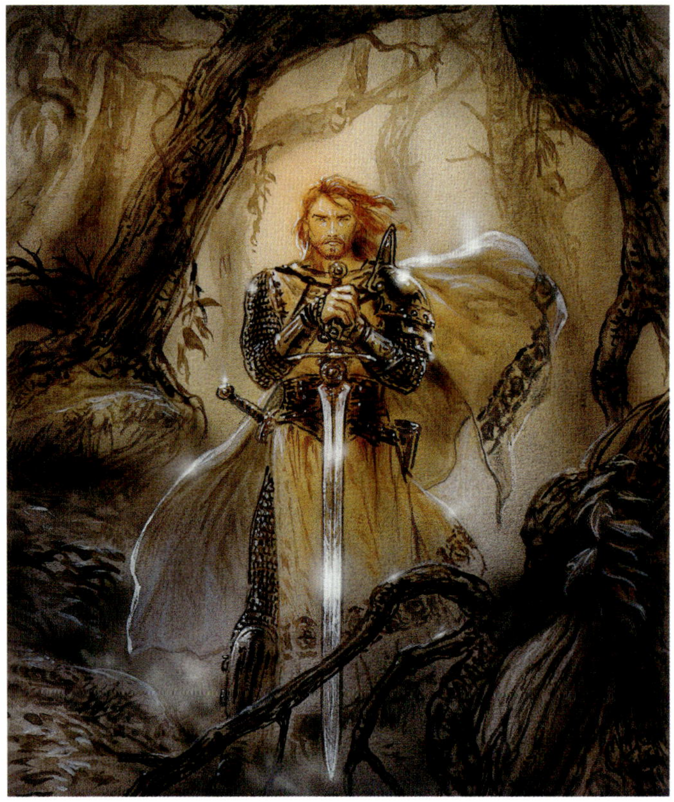

Im Herzen des Waldes, der unter den verschiedenen Natursymbolen eine bevorzugte Stelle einnimmt, die großartige dunkle Wiege der Mythen. Höchstes Sinnbild des unerschöpflichen Lebens und der Geheimnisse. Die ideale Umgebung, um zu vereinbaren, welchem inneren Weg zu folgen ist.

Au cœur même de la forêt, lieu privilégié parmi les différents symboles de la nature, le grand tiroir obscur d'où sortent les mythes. Représentant suprême de l'immensité inépuisable de la vie et des mystères. Le contexte idéal pour choisir le chemin intérieur à suivre.

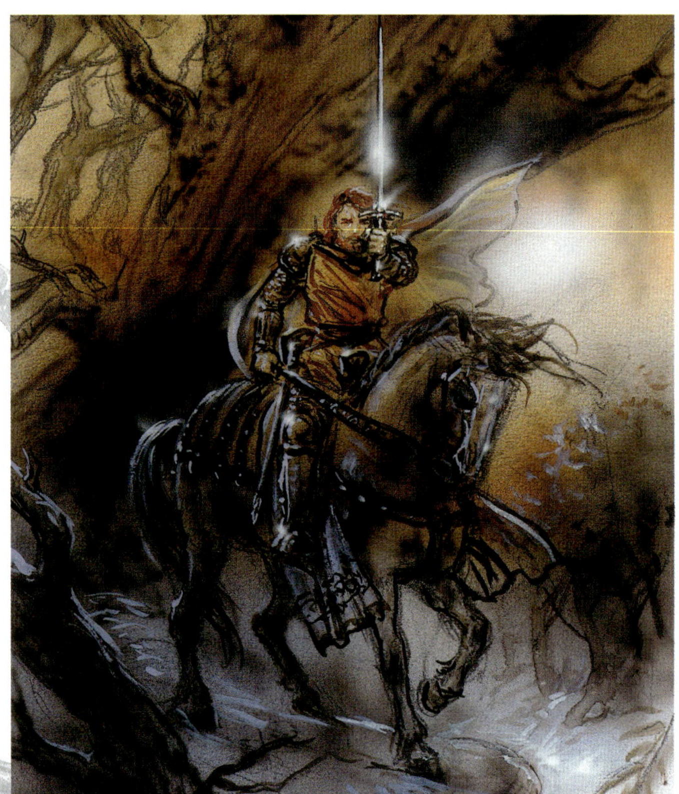

SKETCH 3

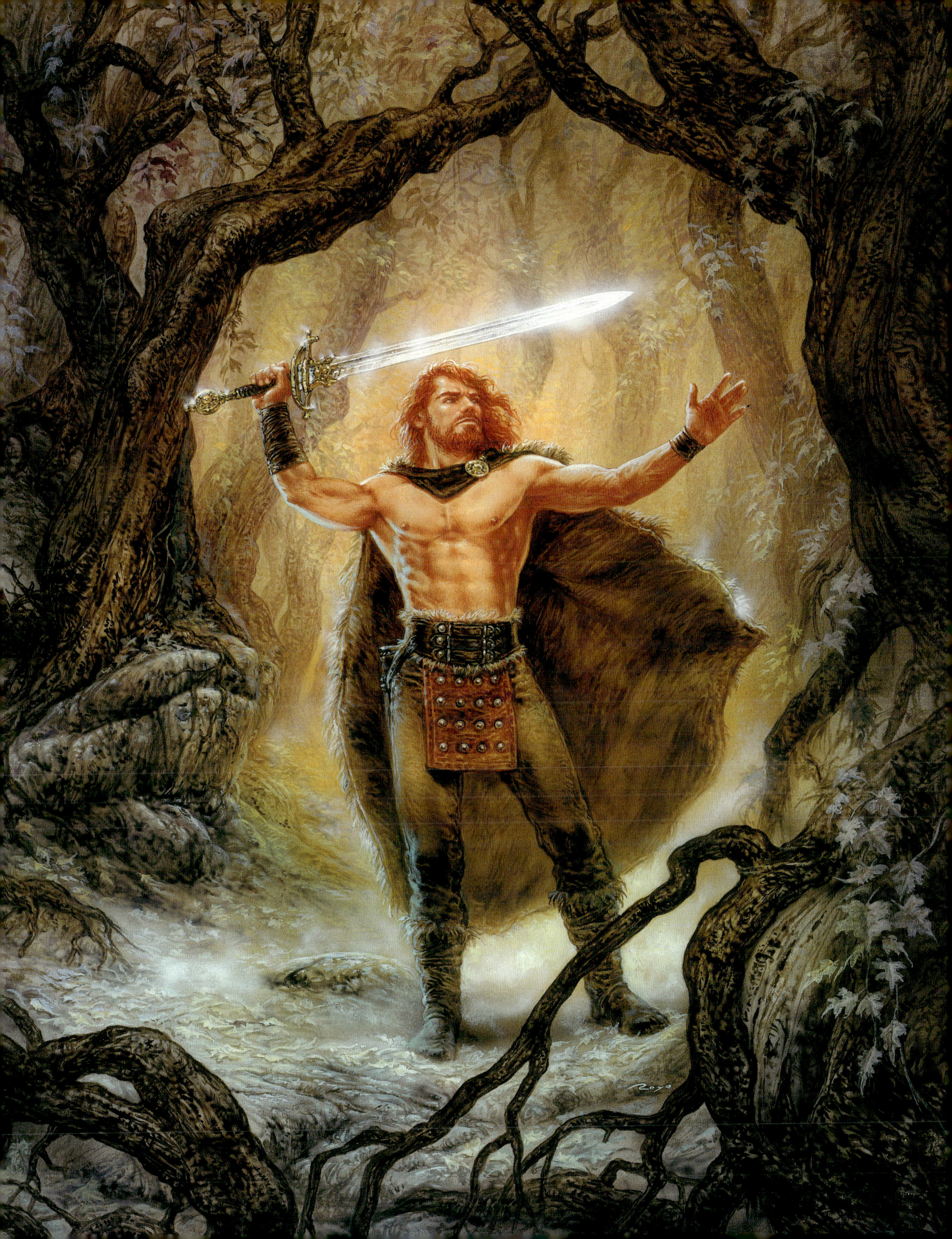

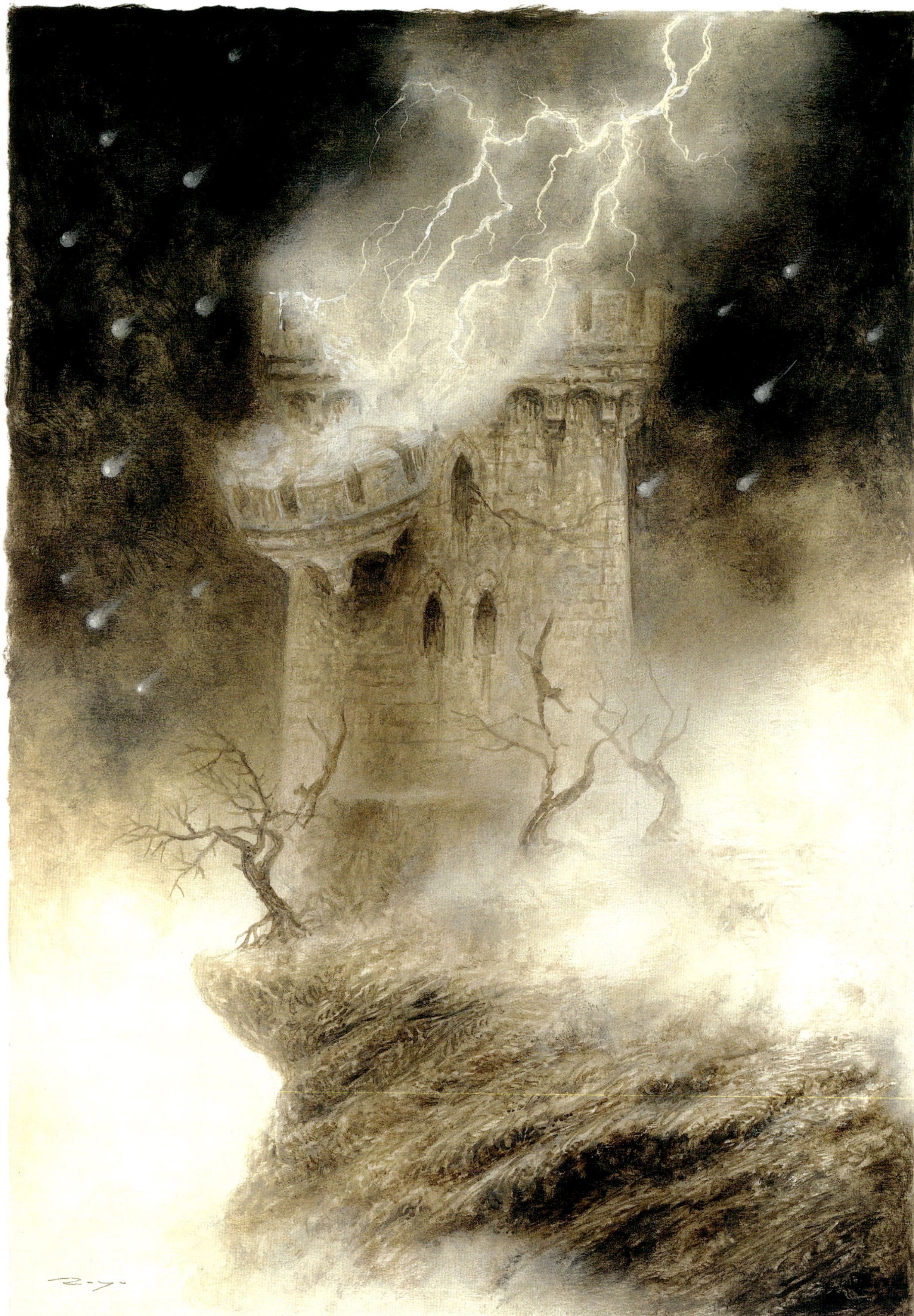

THE TOWER – *1999 (17,5 x 25,5 cm)*

Diese Illustrationen sind Entwürfe für die Karten eines Tarotspiels, das sich in Vorbereitung befindet.

Ces illustrations sont des exemples de cartes du tarot pour un jeu de cartes en voie de réalisation.

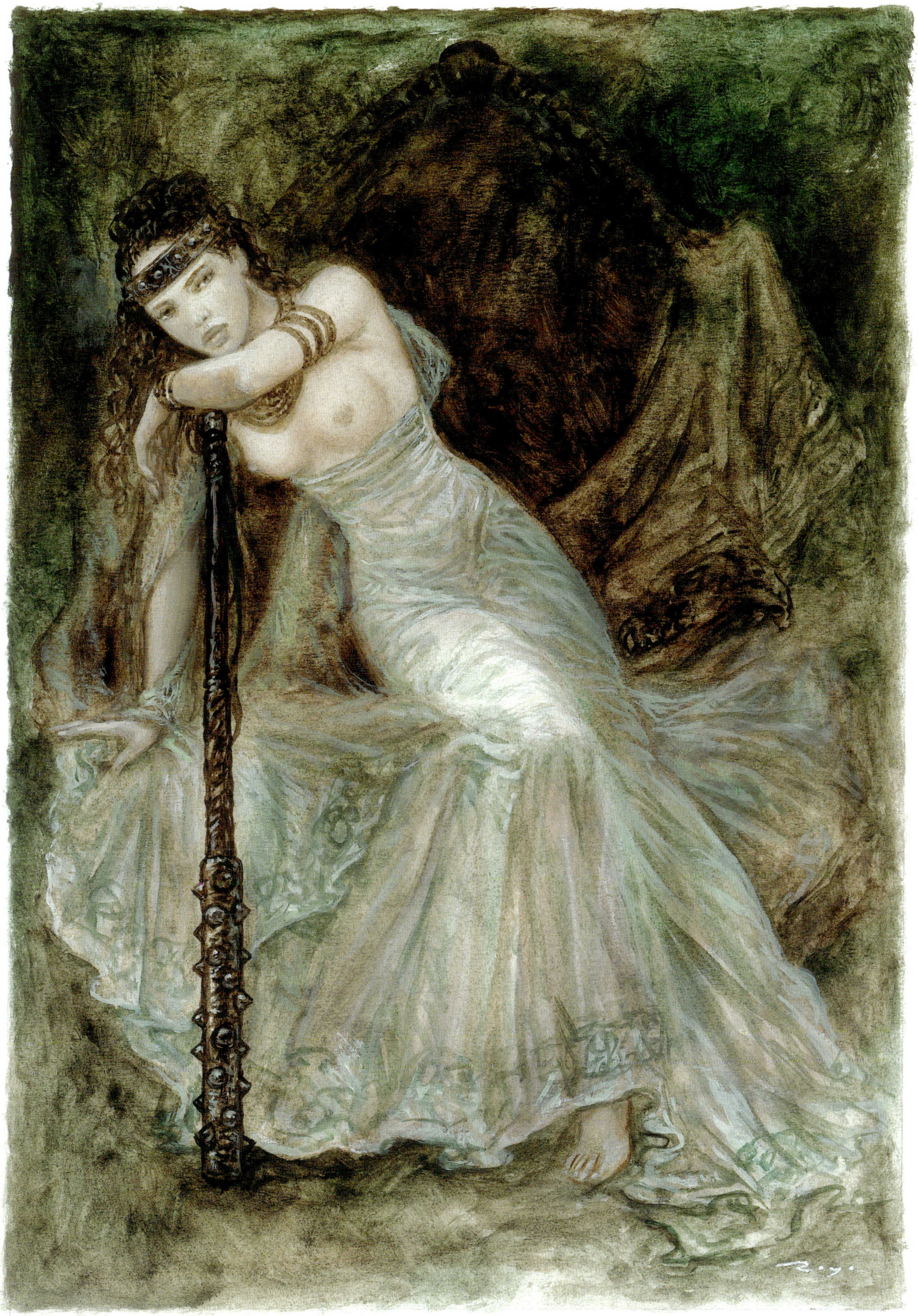

Q U E E N O F W A N D S – *1999 (17,5 x 25,5 cm)*

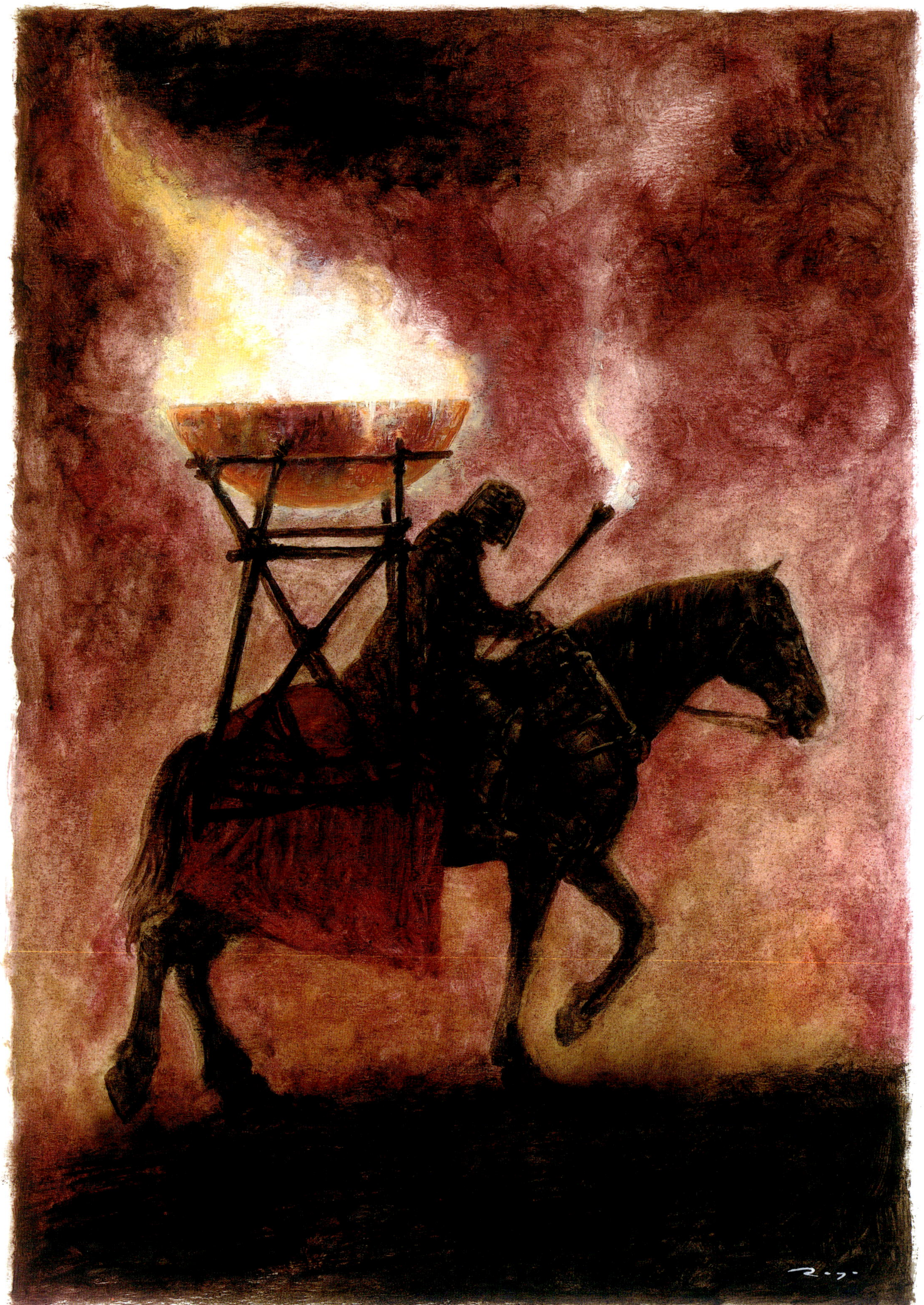

K N I G H T O F C U P S – *1999 (17,5 x 25,5 cm)*

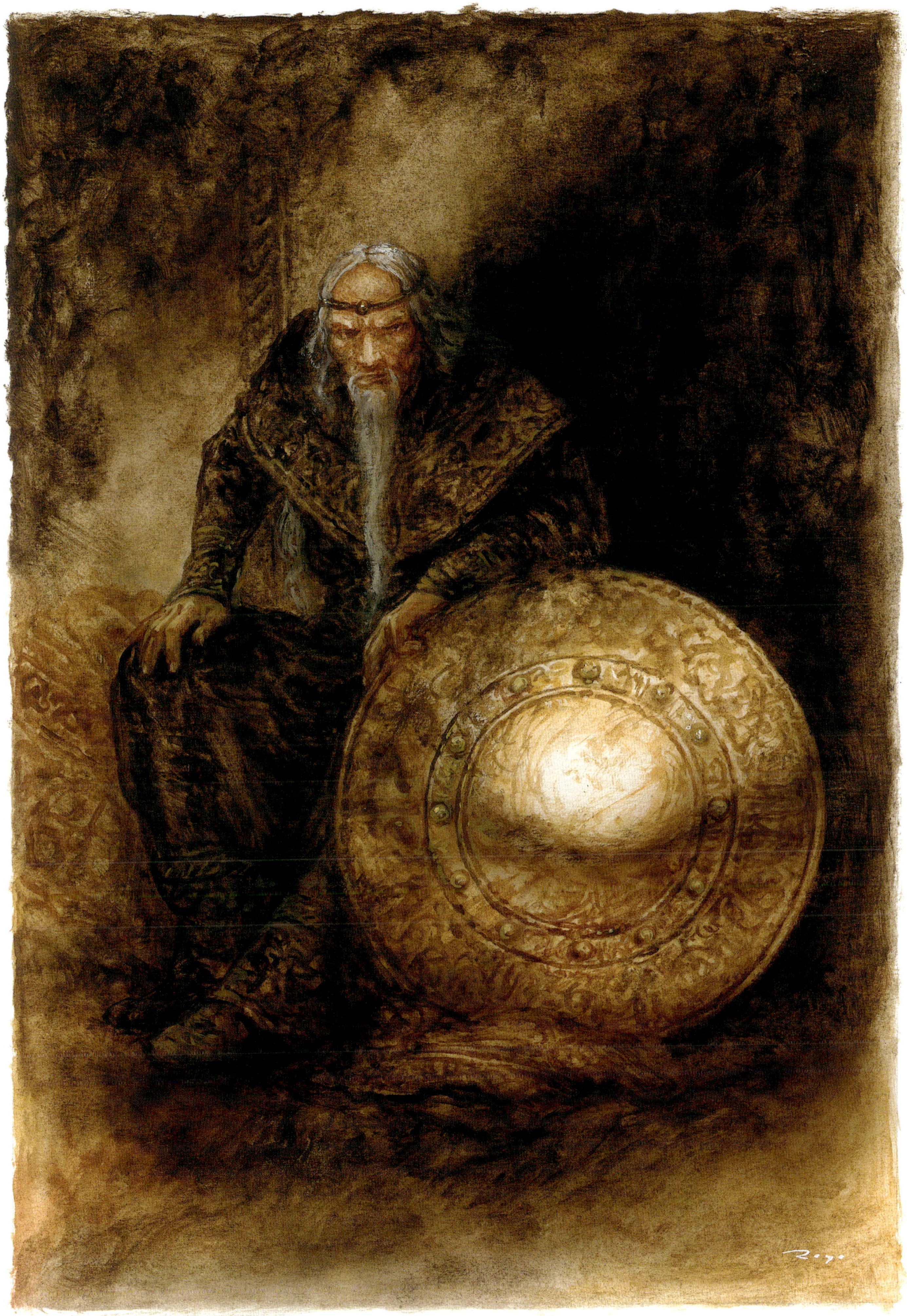

KING OF PENTACLES – *1999 (17,5 x 25,5 cm)*

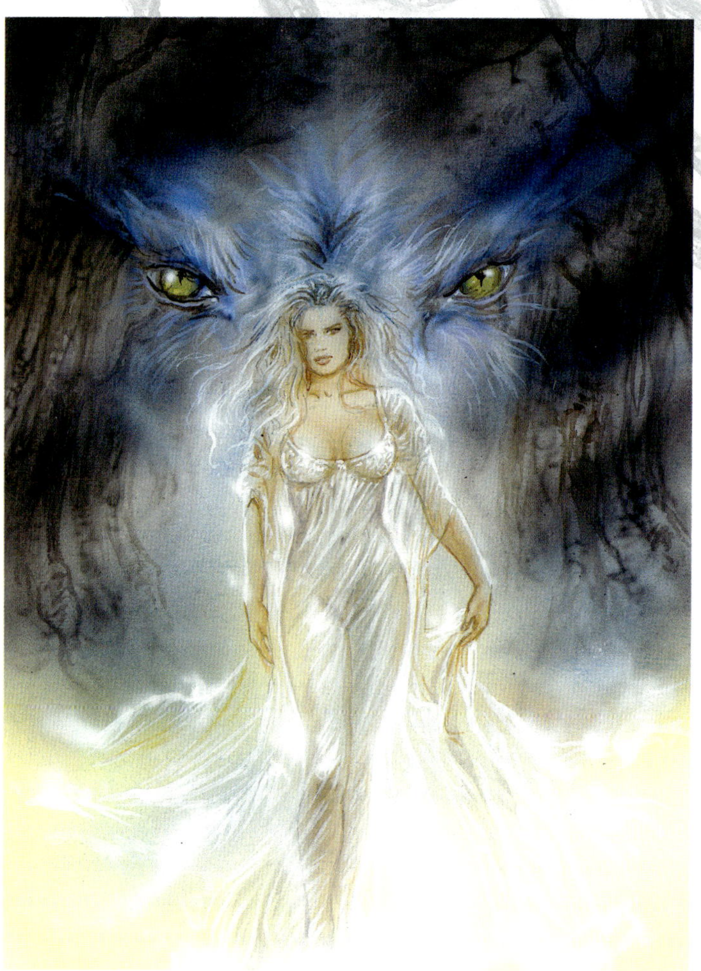

SKETCHES 1 AND 2

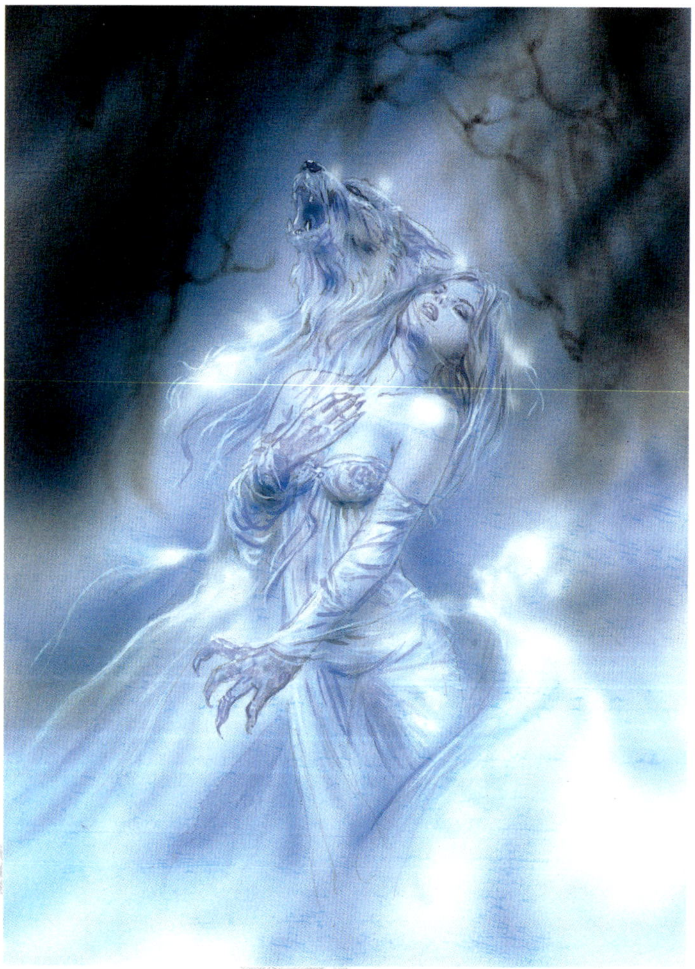

THE ENCHANTMENT – *2002 (28 x 36,5 cm)* »

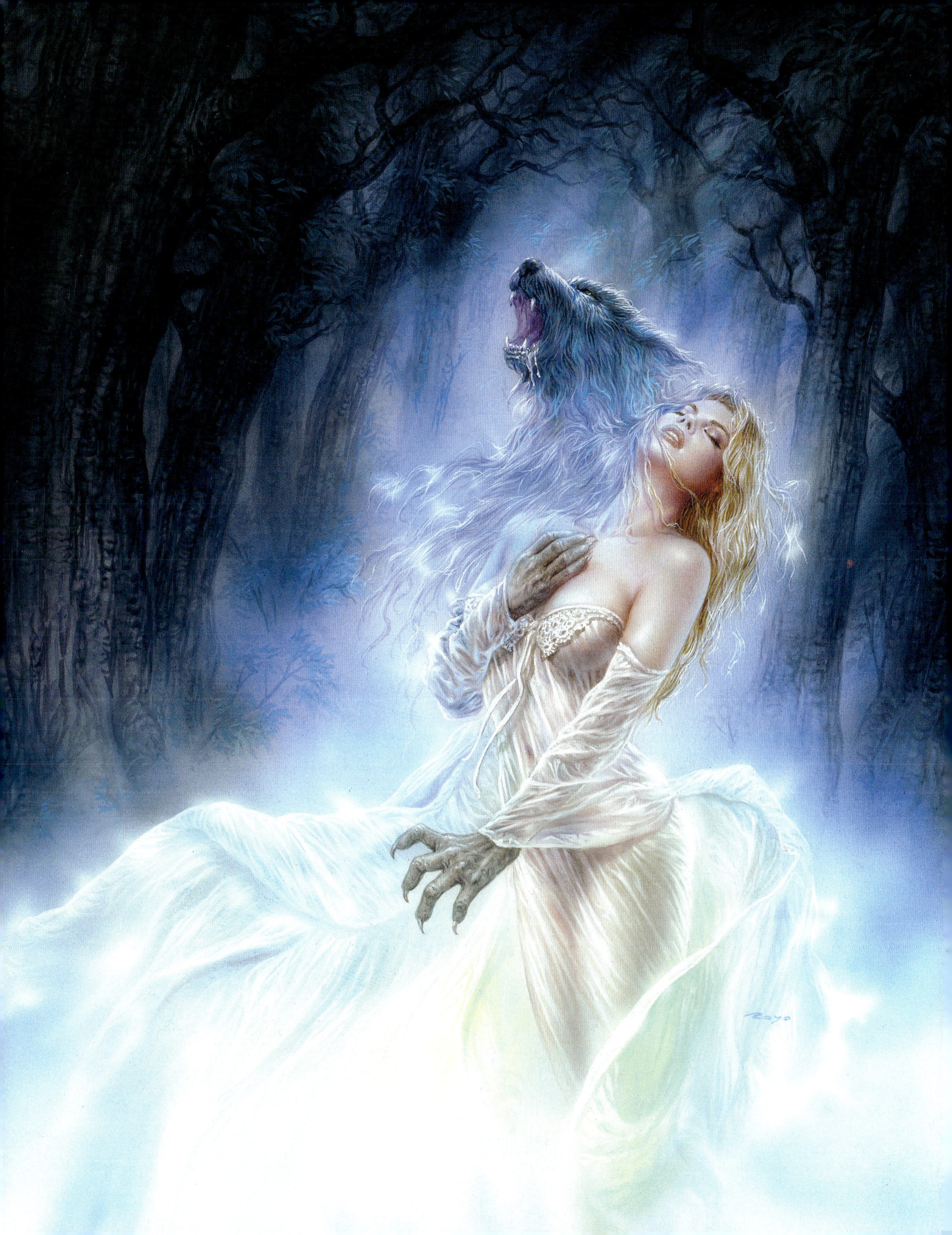
Royo

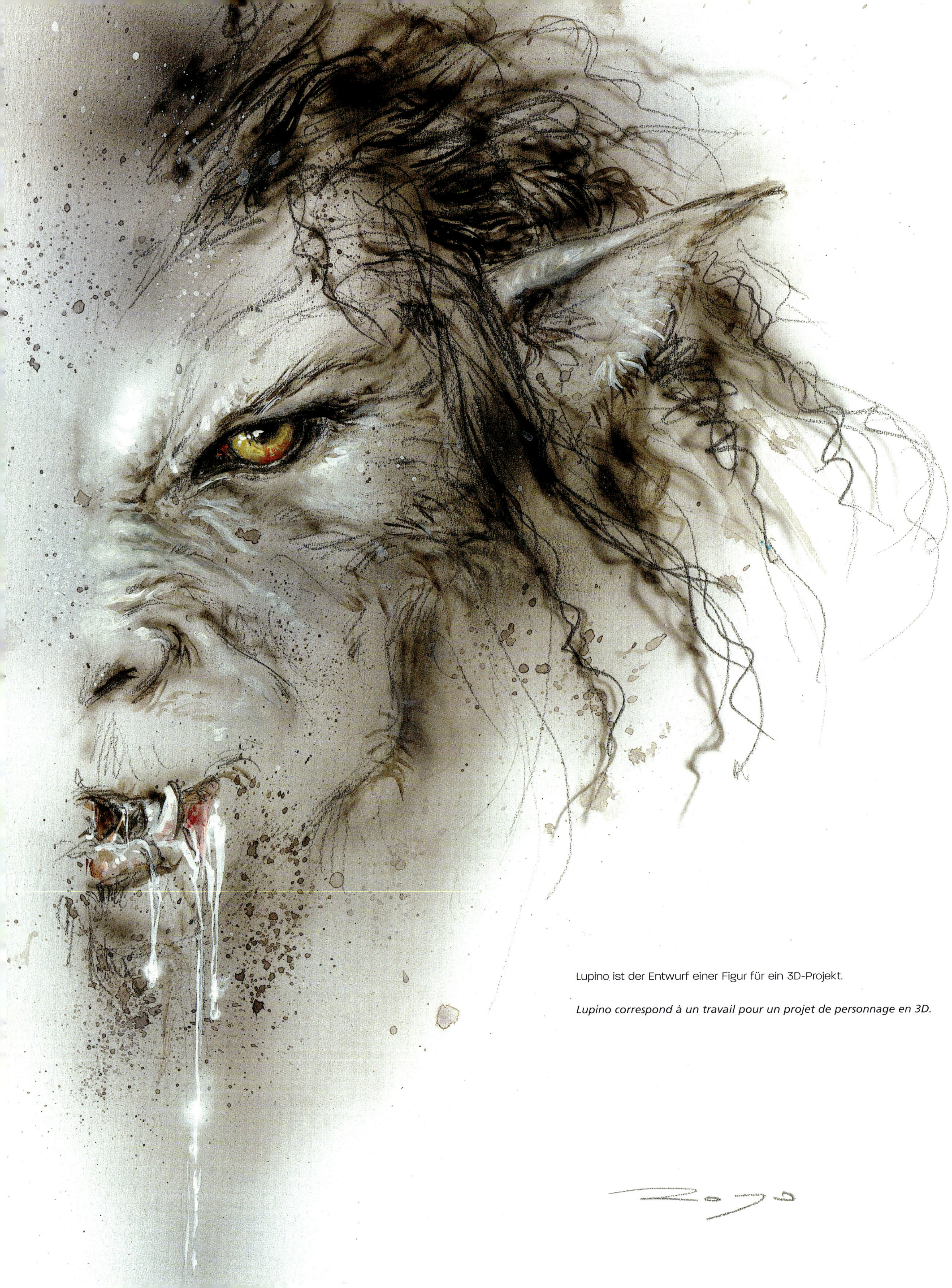

Lupino ist der Entwurf einer Figur für ein 3D-Projekt.

Lupino correspond à un travail pour un projet de personnage en 3D.

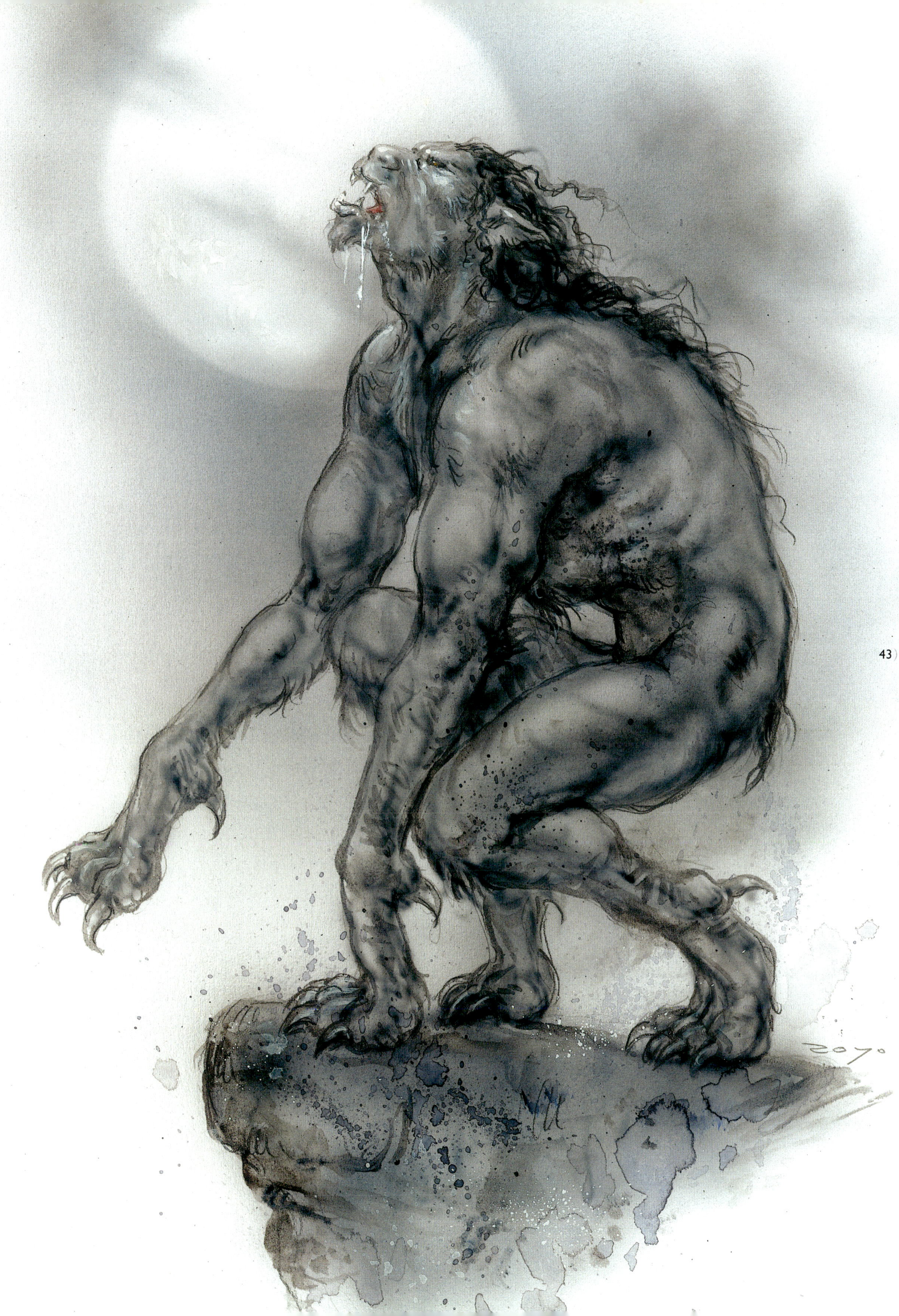

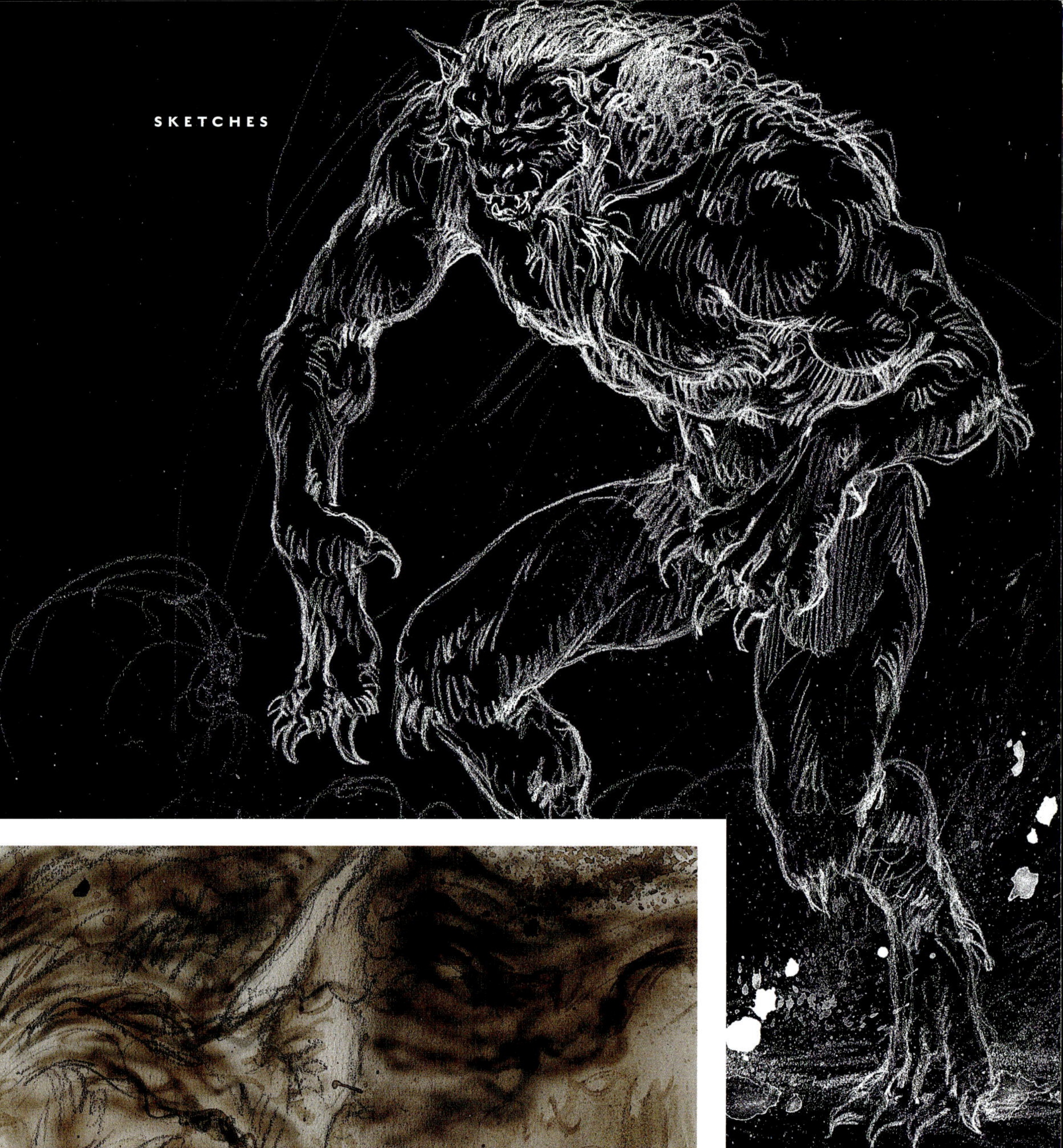

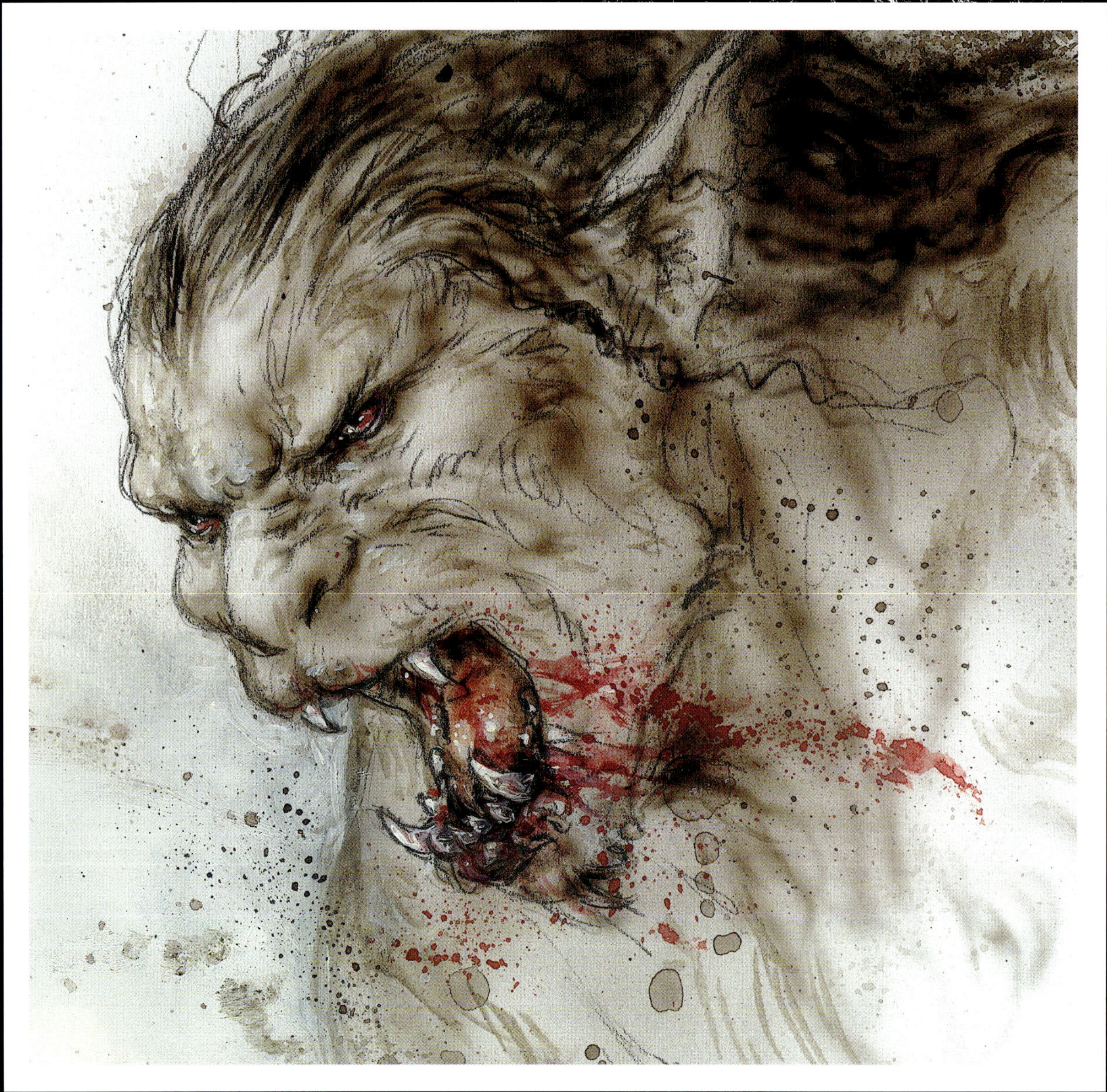

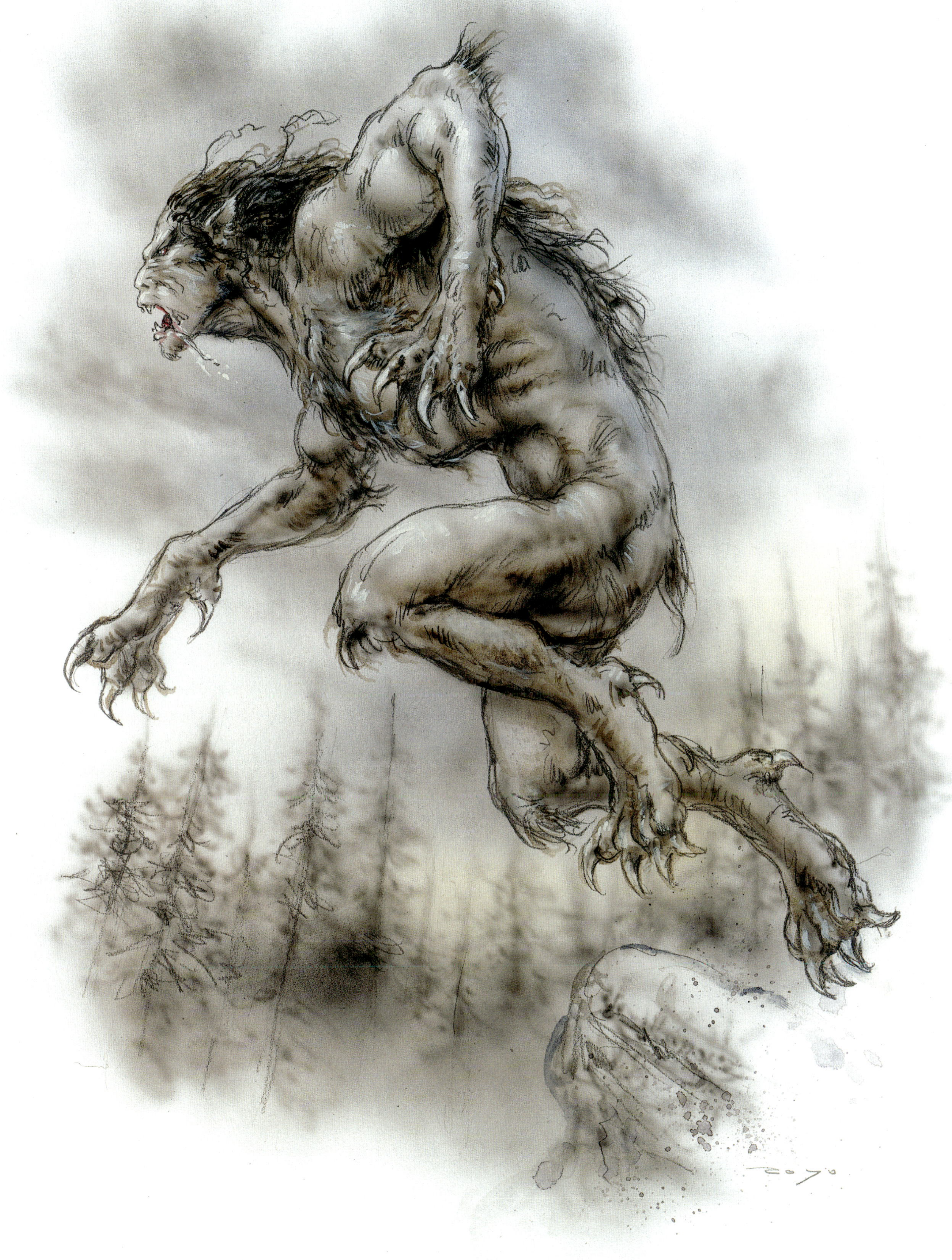

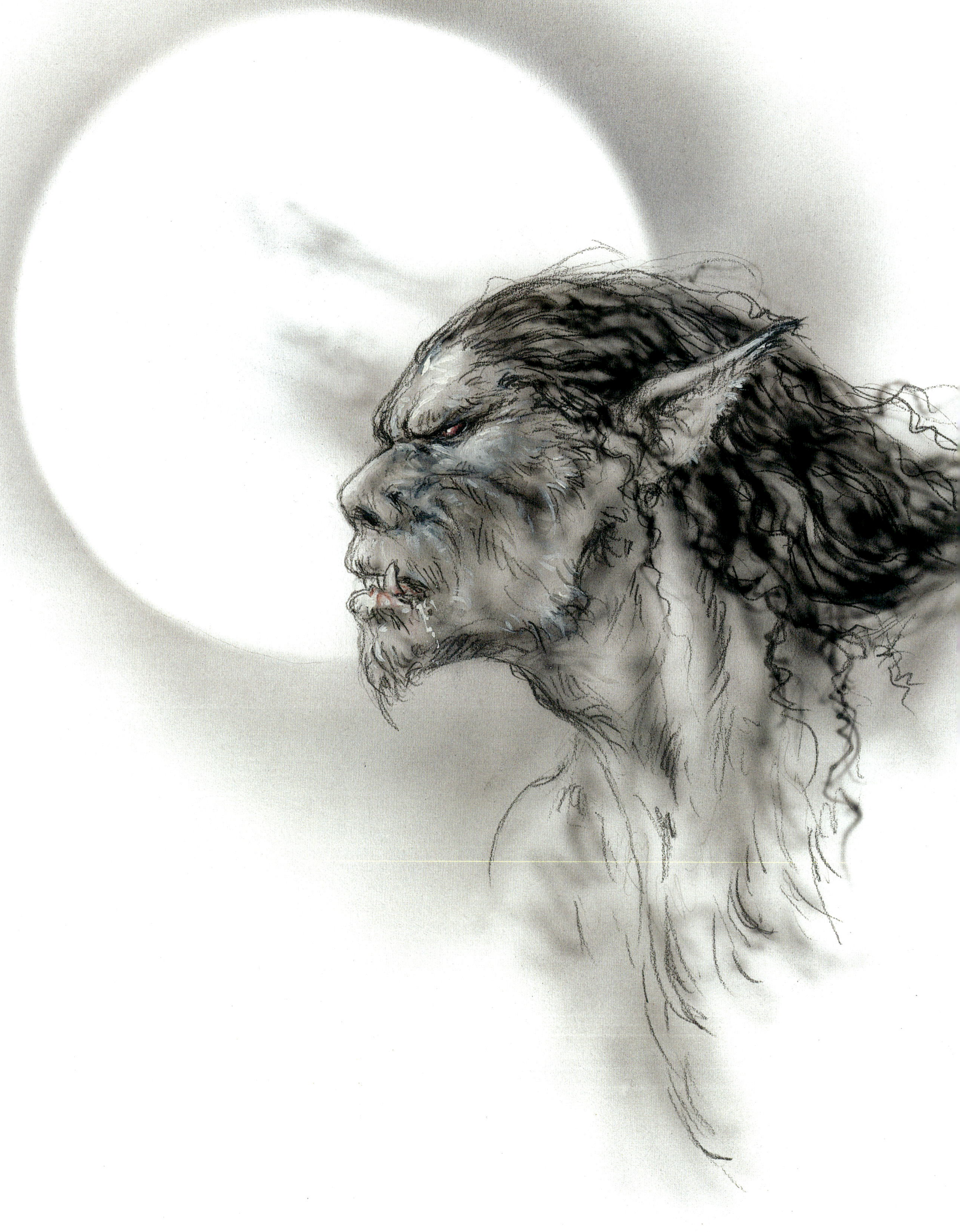

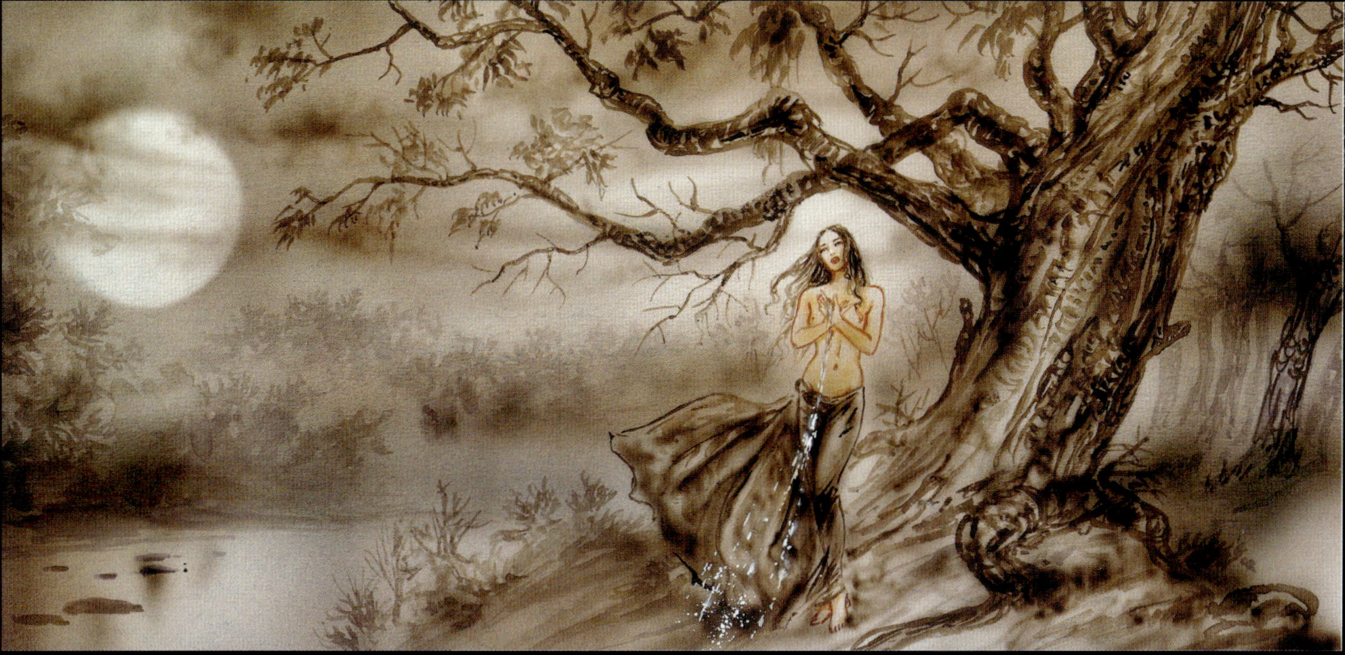

SKETCHES OF AVALANCH

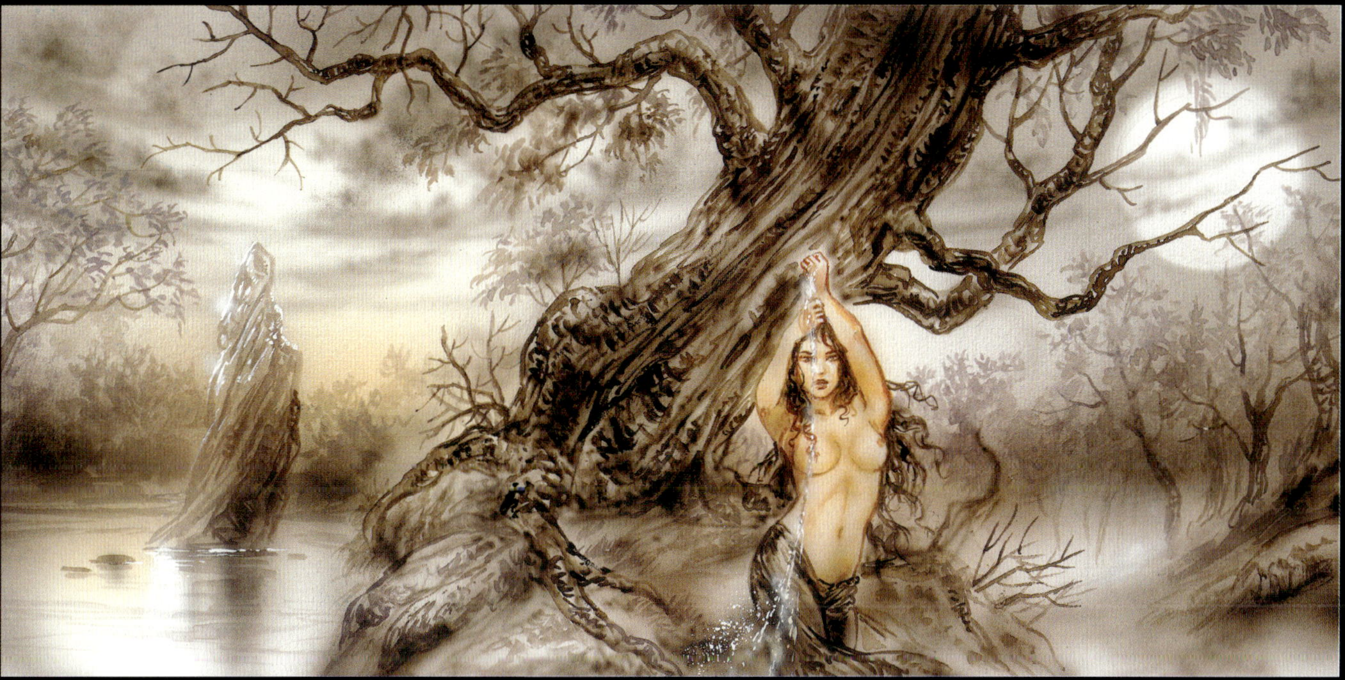

SKETCHES OF AVALANCH

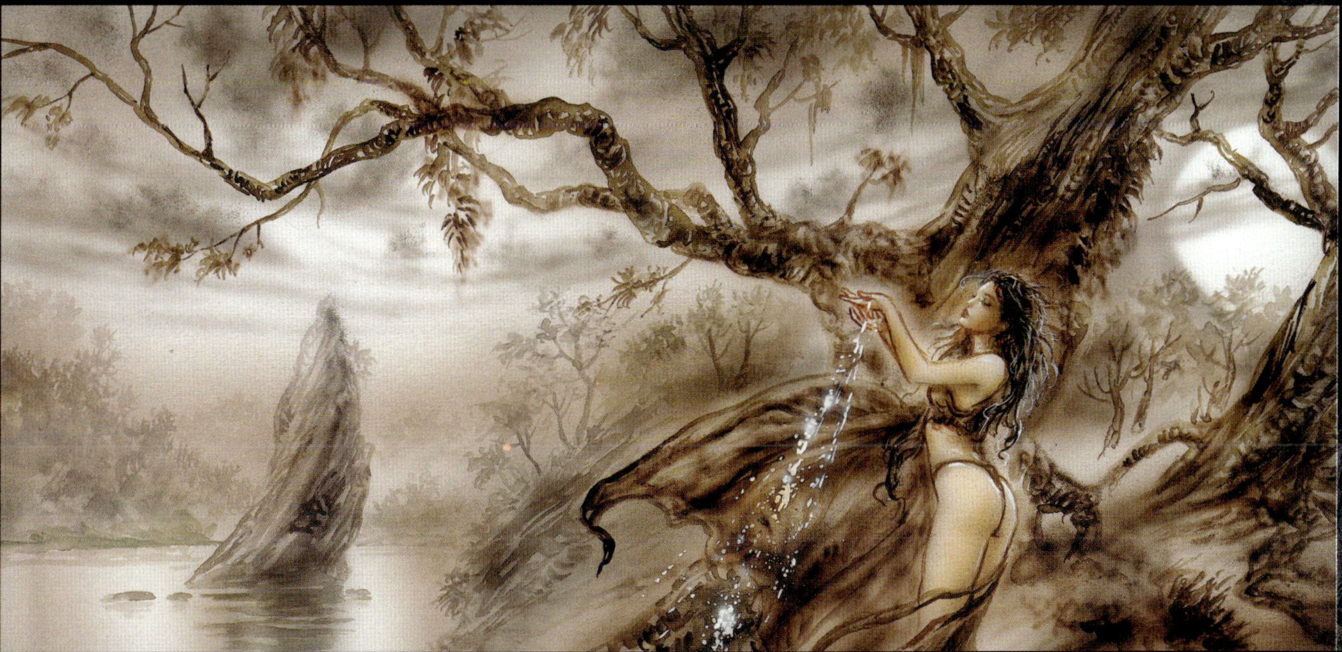

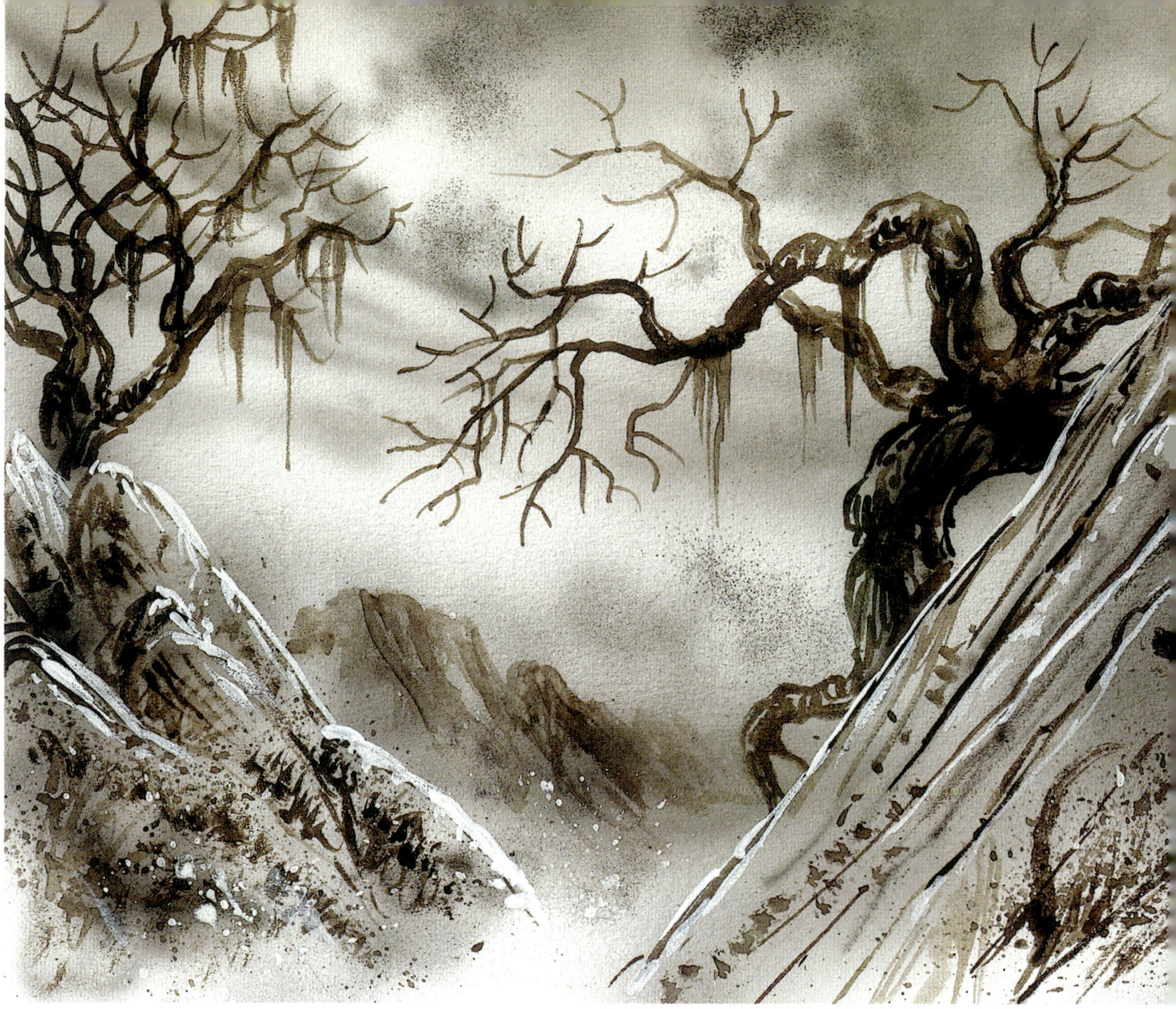

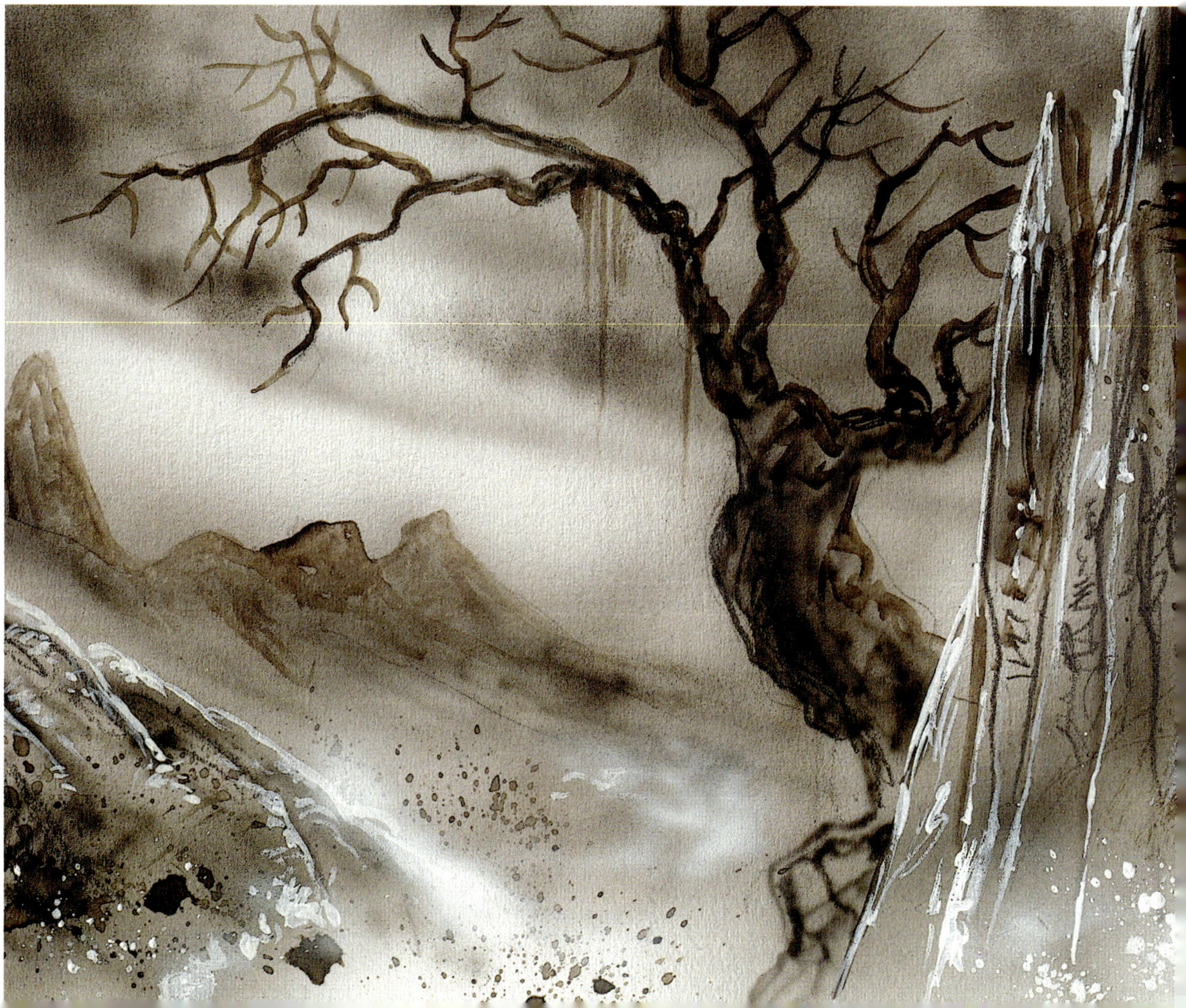

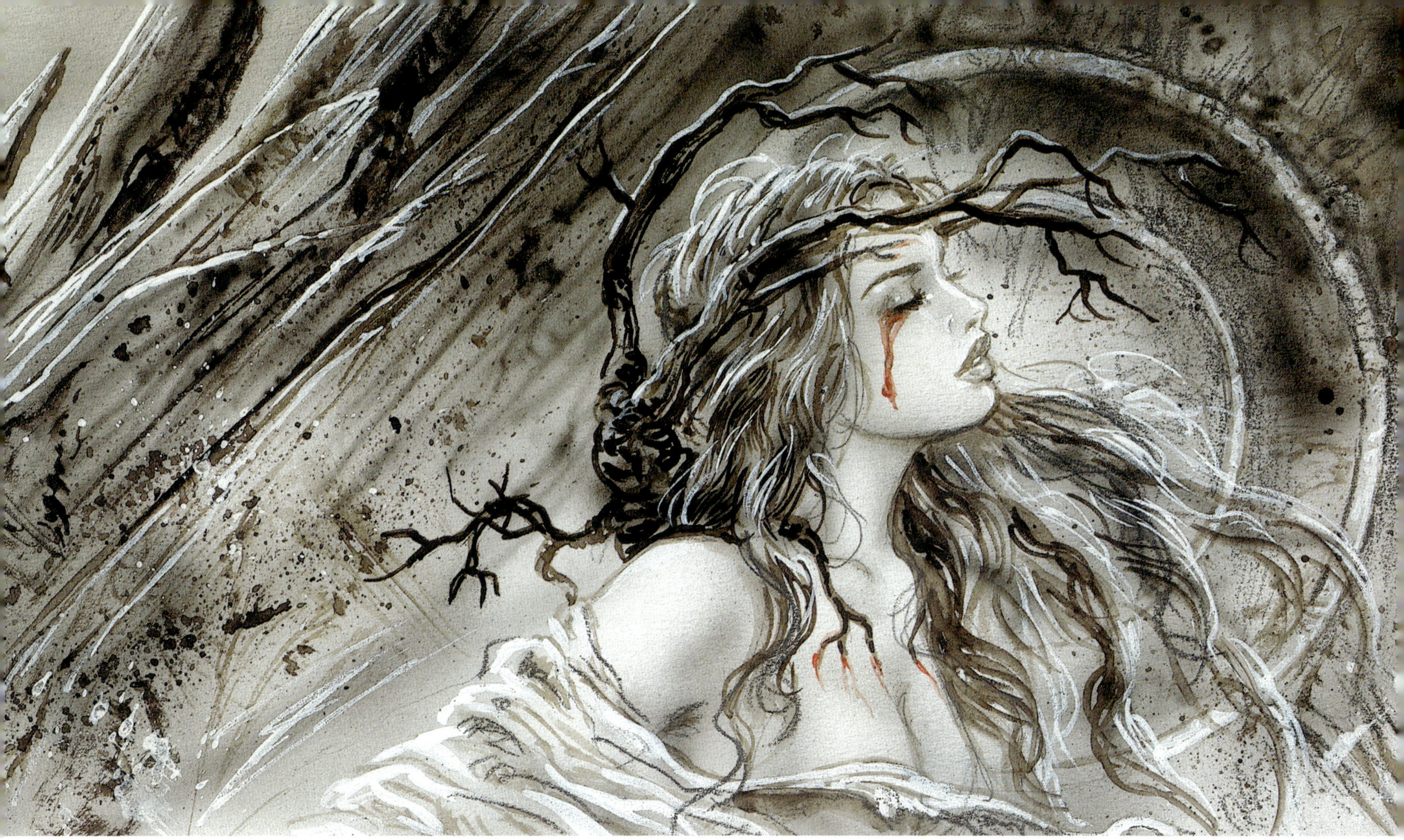

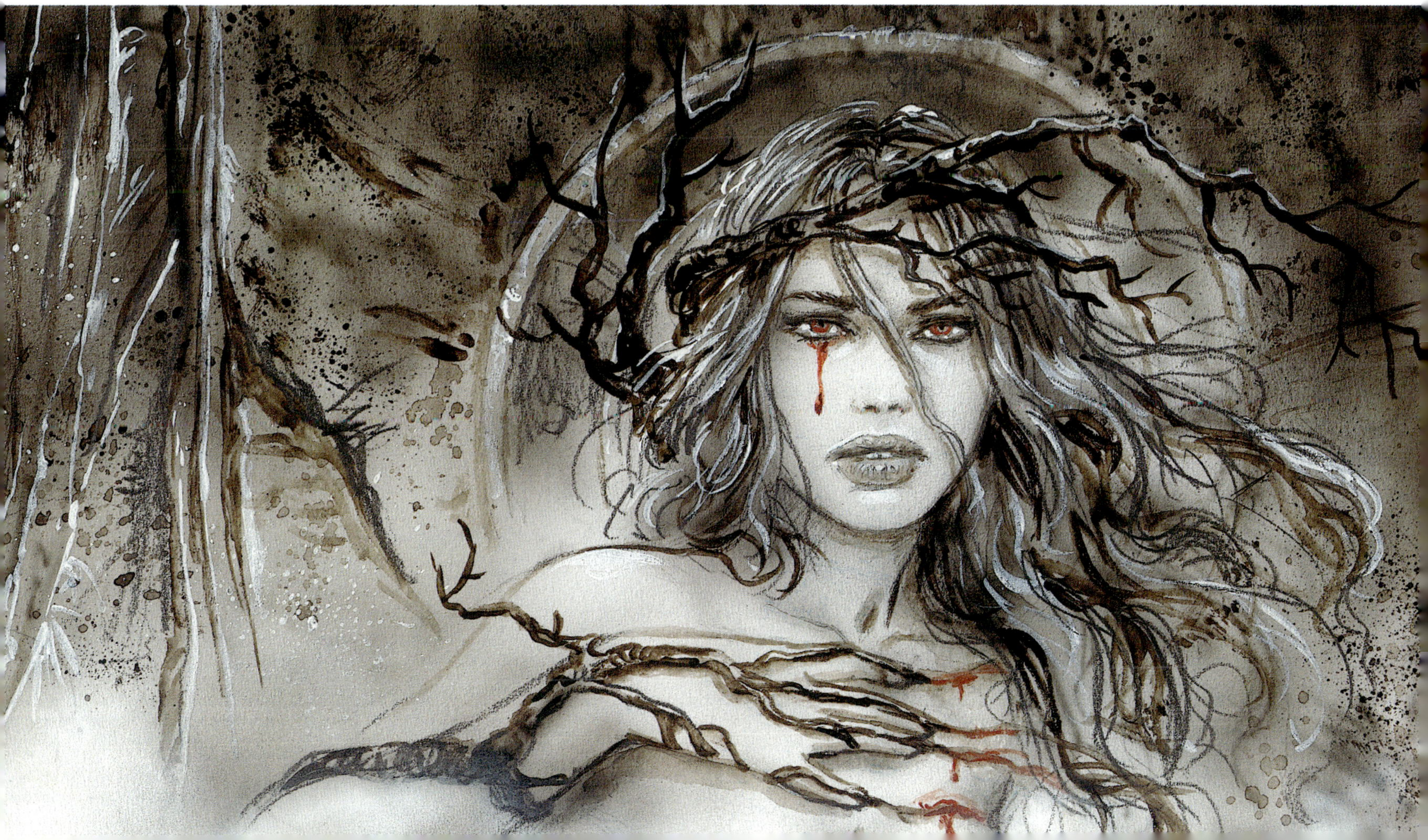

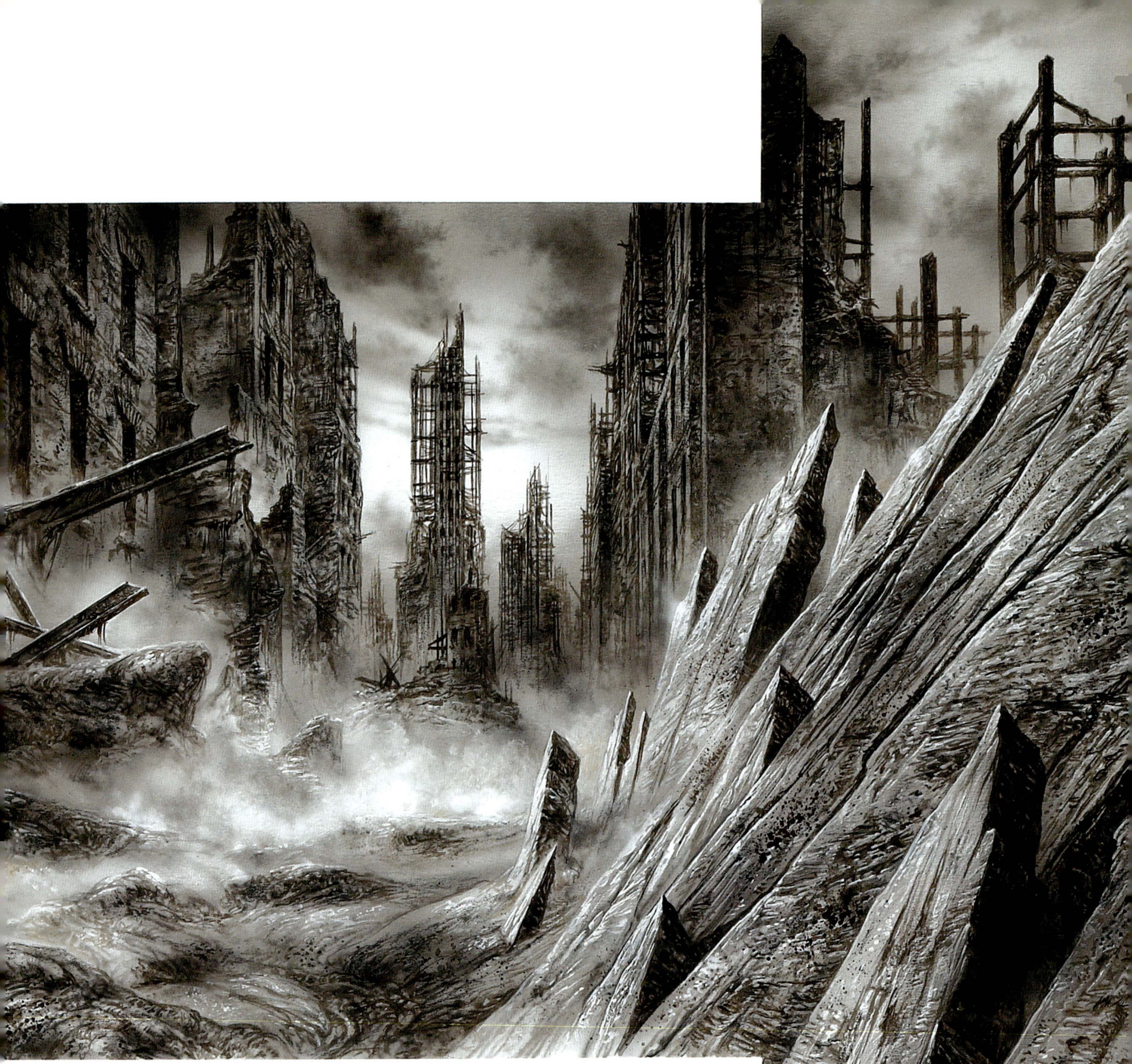

Cover der letzten Platte der Rockband Avalanch, „Madre Tierra".

Couverture pour le dernier album musical du groupe Avalanch "Madre Tierra".

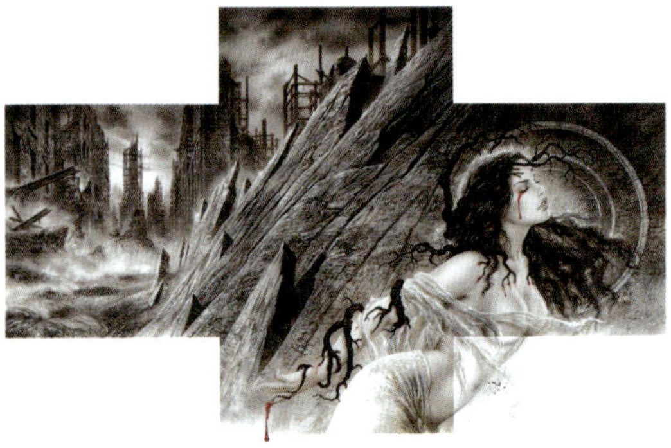

‹ **MOTHER EARTH** – *2002 (68 x 44 cm)*

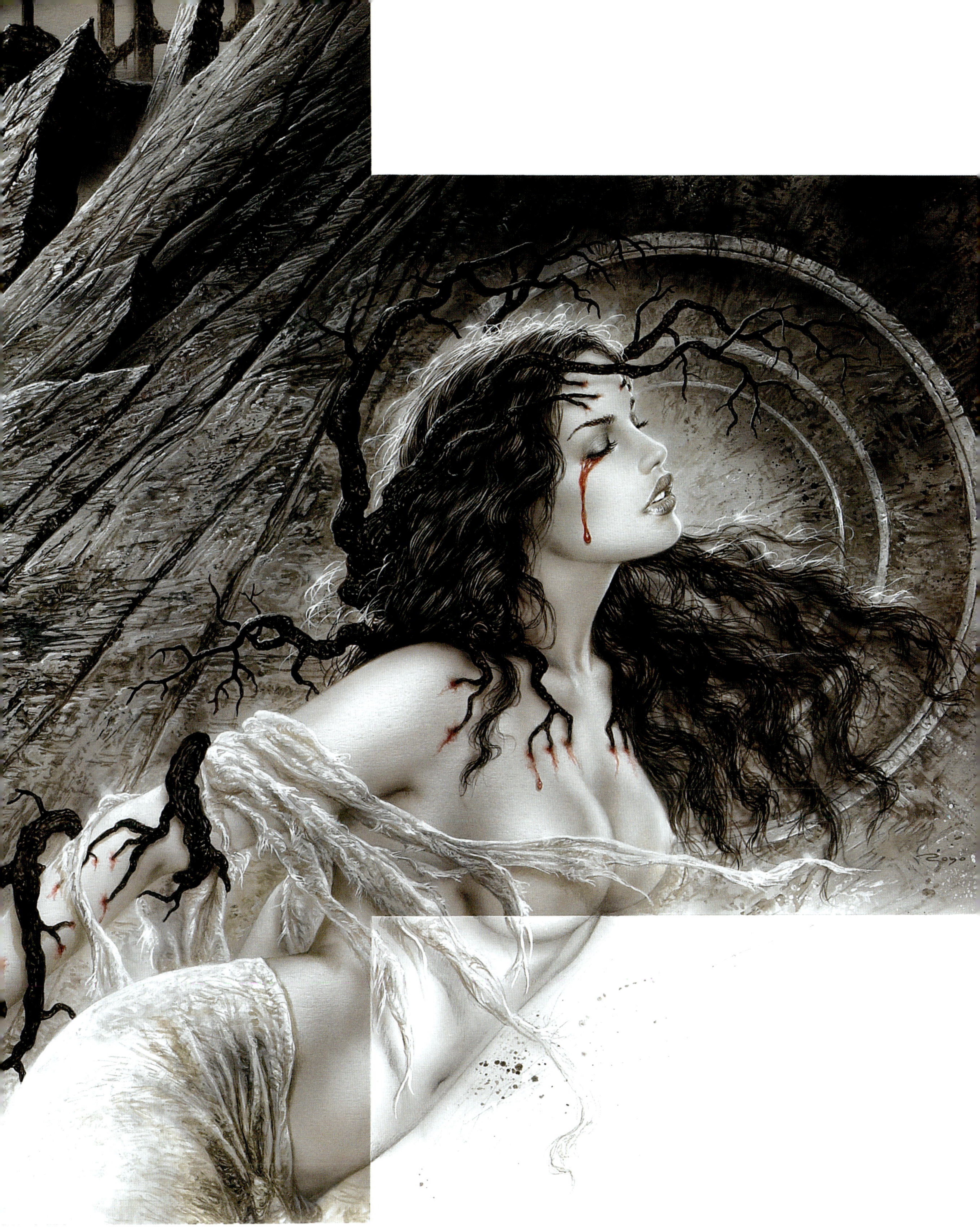
Royo

Der Abstieg zu den Instinkten, senkrechter Fall zu den Gewölben der Sklaverei. Eine riesige Kathedrale, die alle Gedanken aus Blei beherbergt. Der Markt der Verkommenheit.

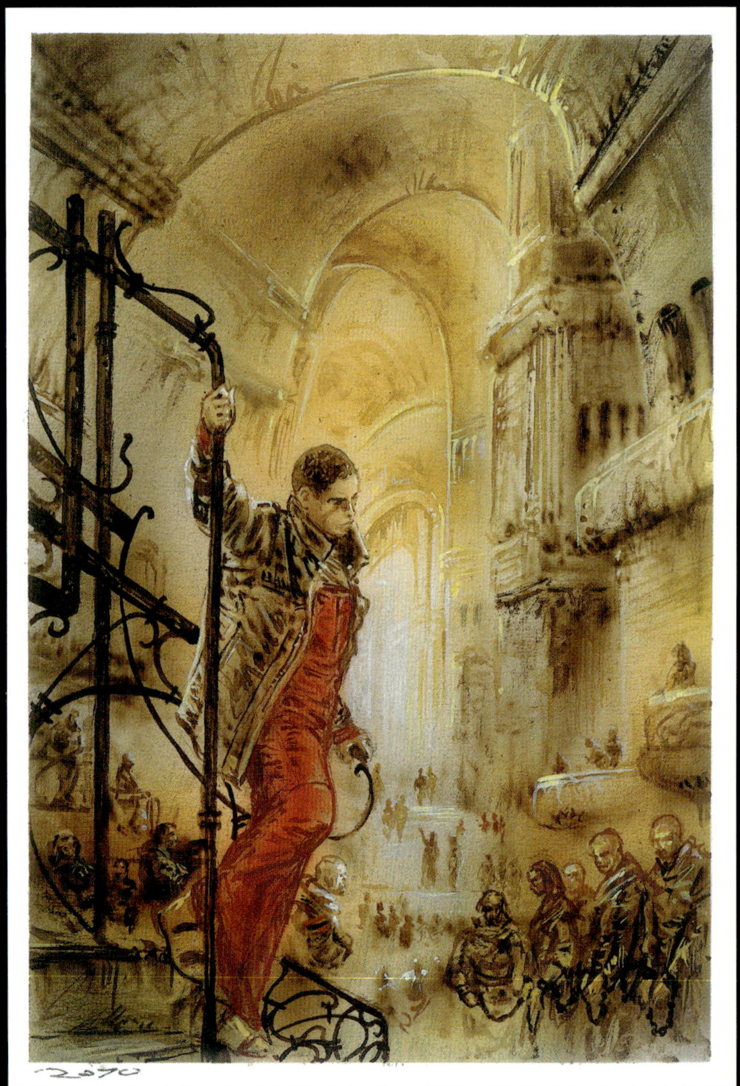

La descente vers les instincts, verticalité de la tombée sous les voûtes de l'esclavage. Immense cathédrale pour loger toutes les pensées en plomb. Le marché de la pourriture.

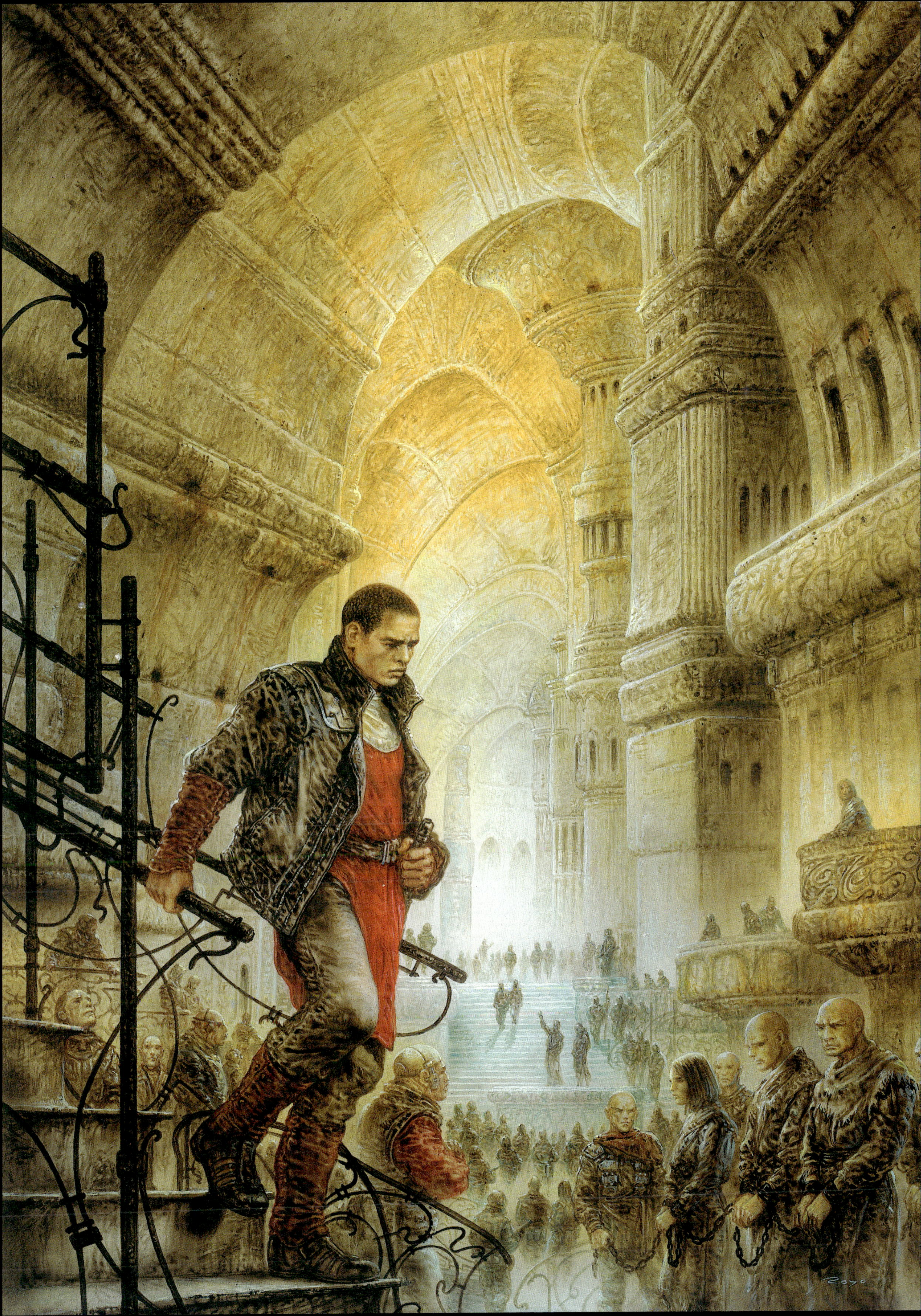

SILENT EMPIRE – *2001 (24,5 x 39,5 cm)*

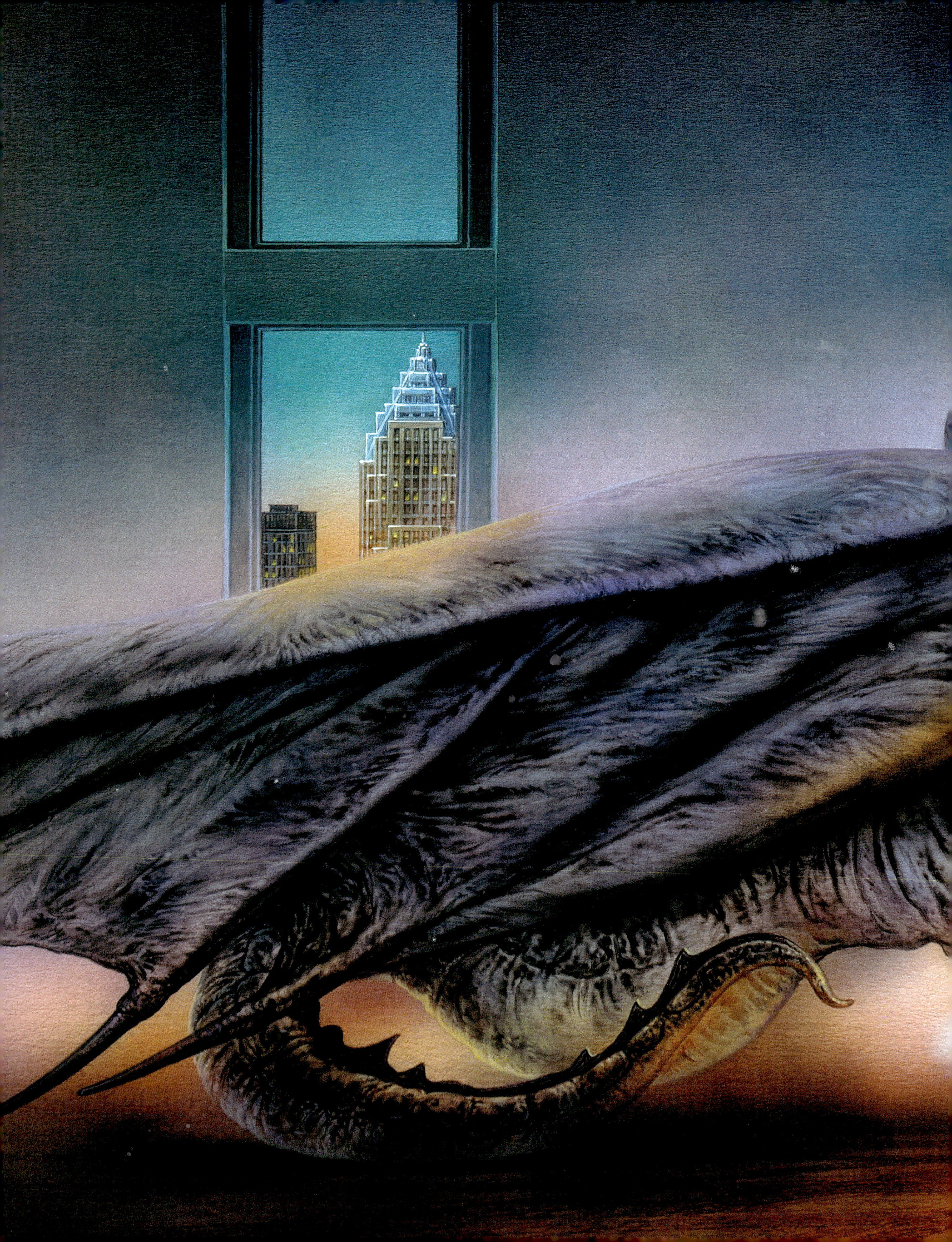

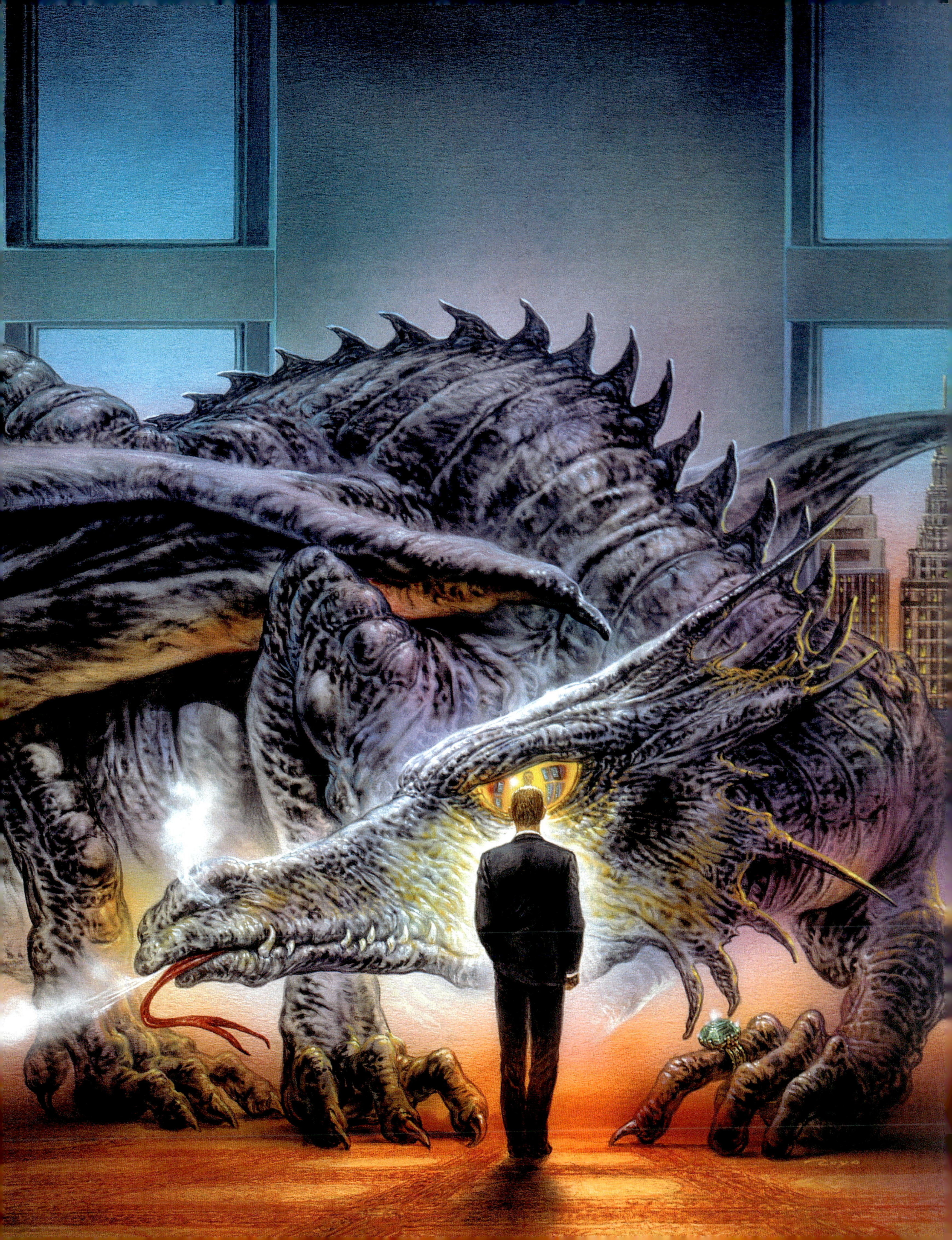

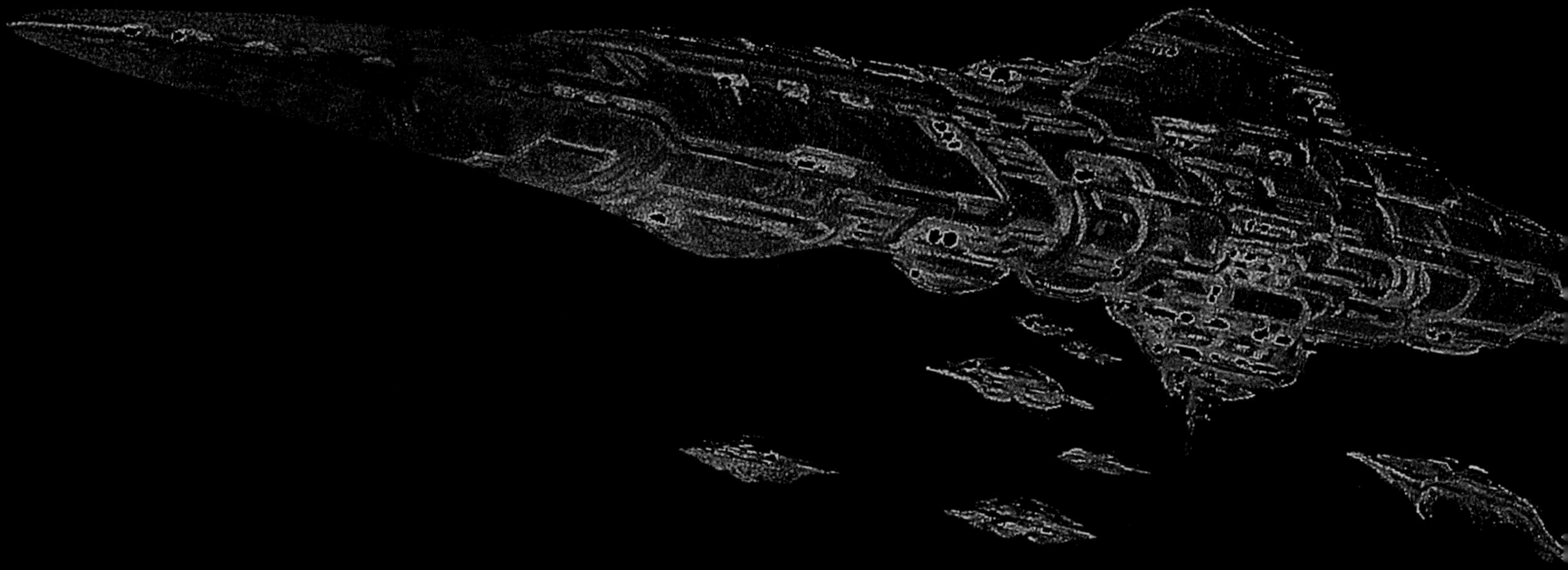

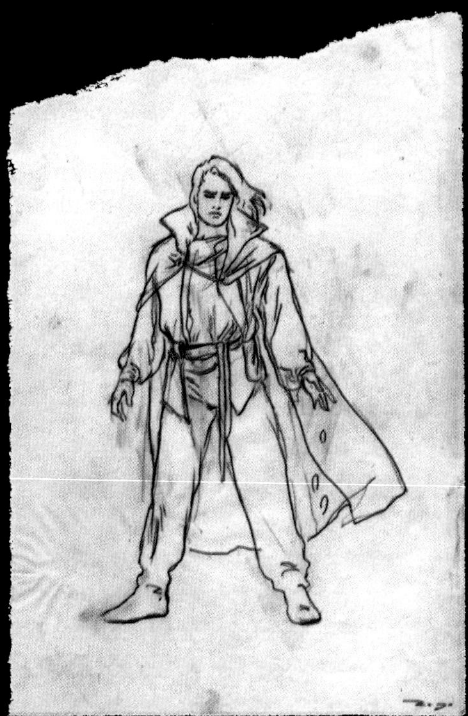

Jenes Camelot lag verloren auf dem letzten Planeten des Universums. Es hatte weder goldene Mauern noch war es umgeben von endlosen Wäldern. Versteckt im Nebel der Einsamkeit ließ es zu, dass seine Ritter zur Gralssuche auf metallischen Pferden mit geräuschvollen „Motoren“ aufbrachen.

Ce Camelot était un endroit perdu sur la dernière planète de l'Univers. Ses murs n'étaient pas dorés, pas plus que les bois interminables de ses alentours. Ce lieu, enfoui dans les brumes de la solitude laissait ses chevaliers partir à la recherche du Graal sur des chevaux métalliques aux moteurs bruyants.

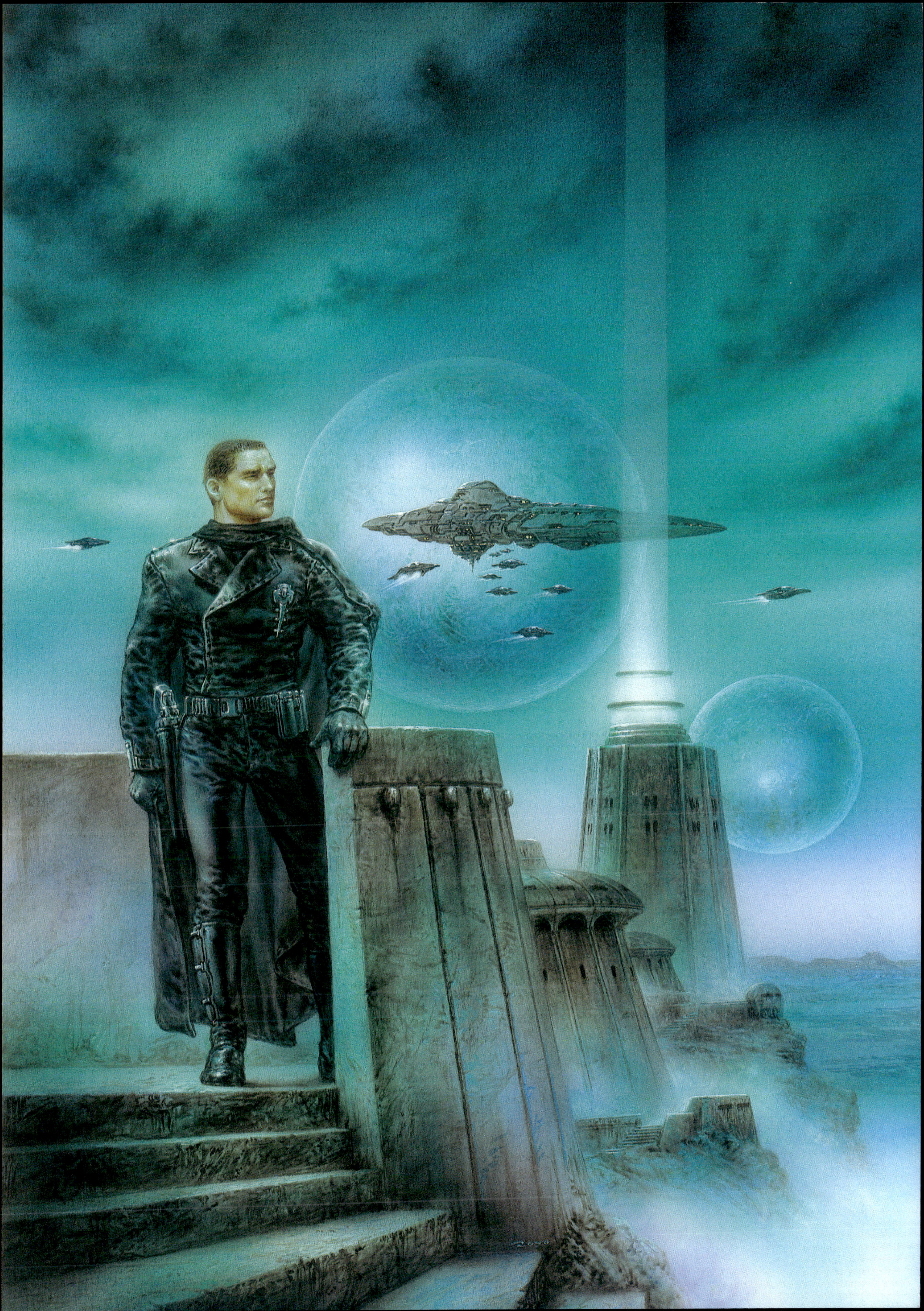

FOUR TO DORSAI – *2001 (27 x 40 cm)*

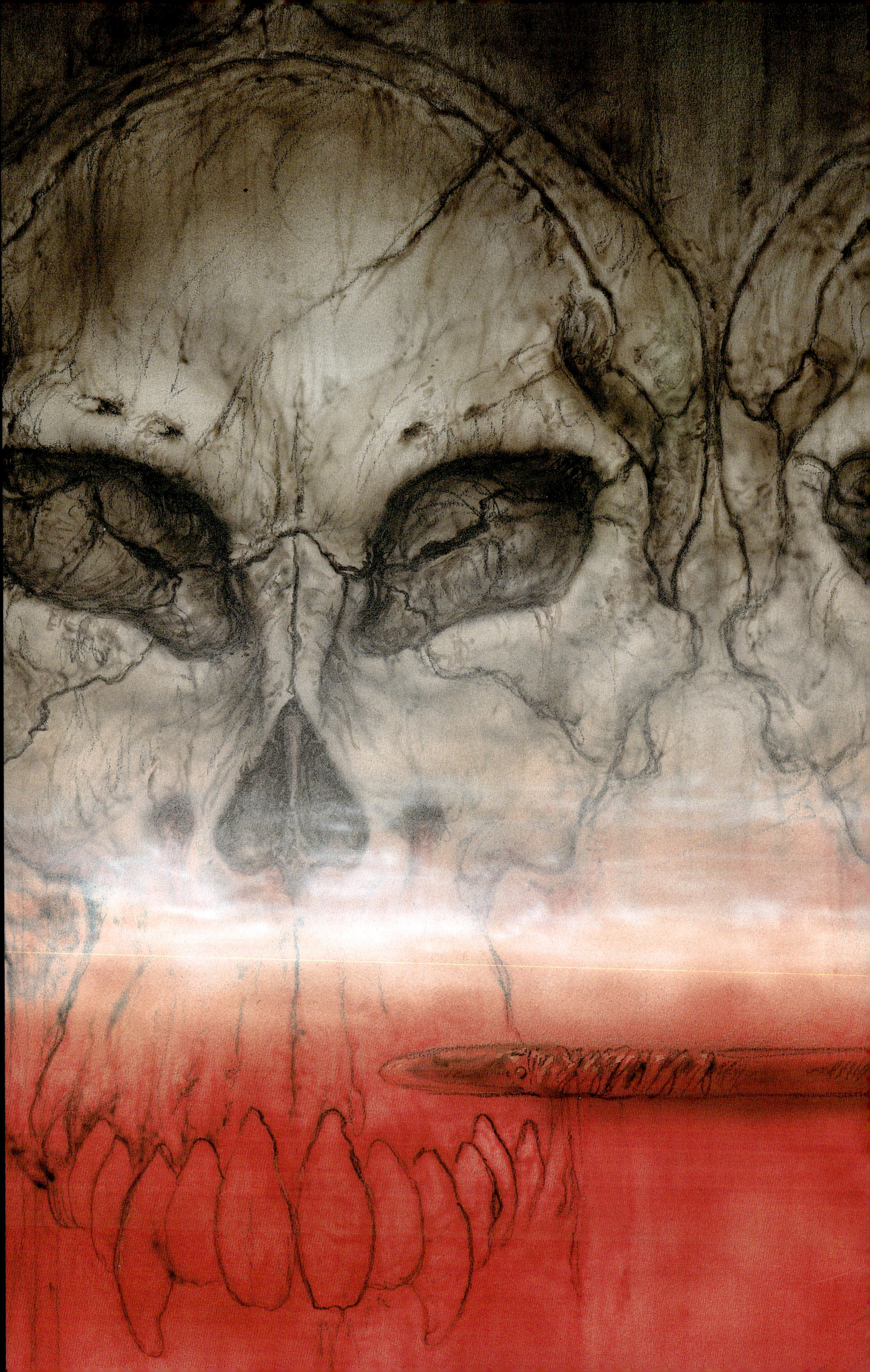

UNDERGROUND IN MAGENTA – *2002 (40 x 28,5 cm)*

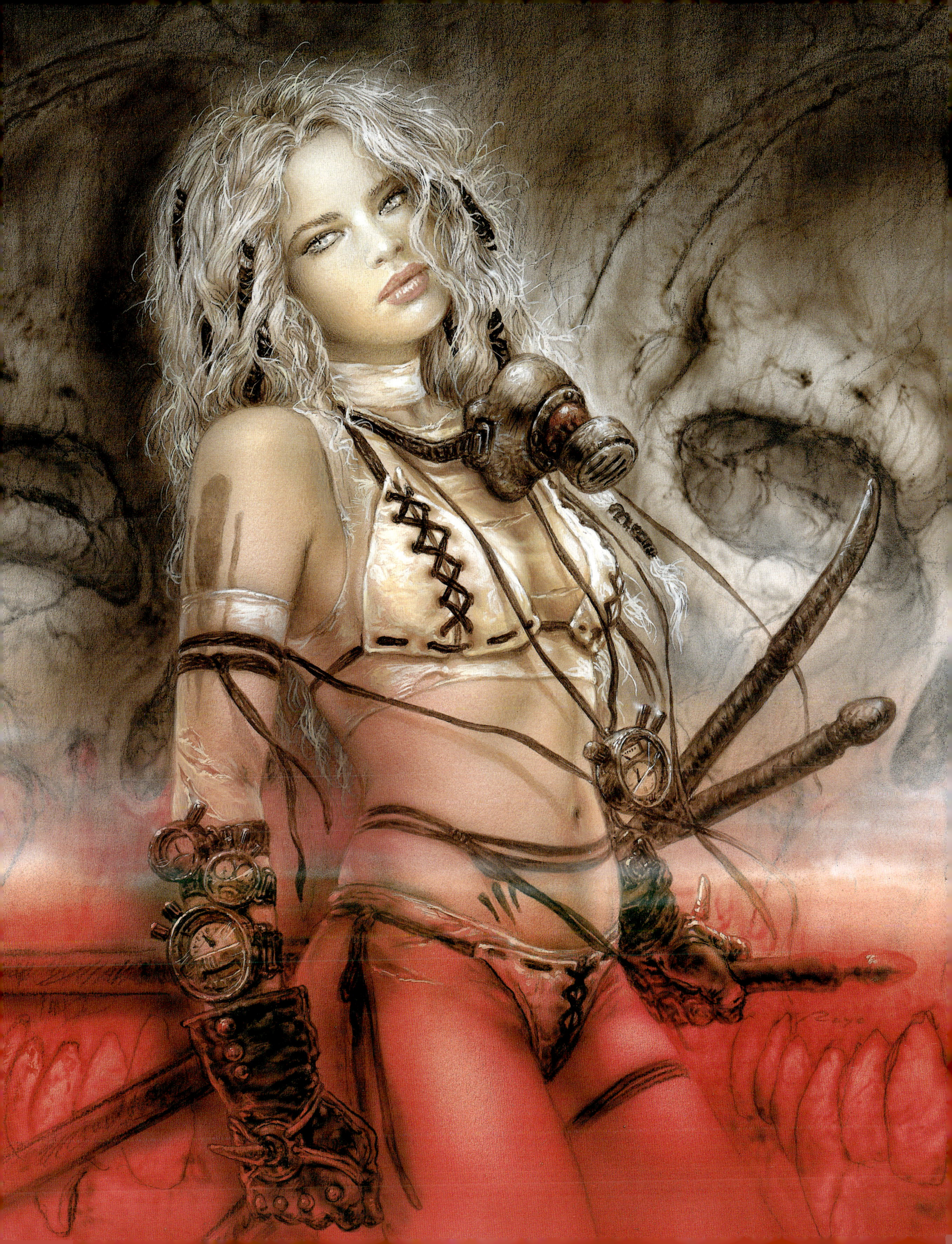

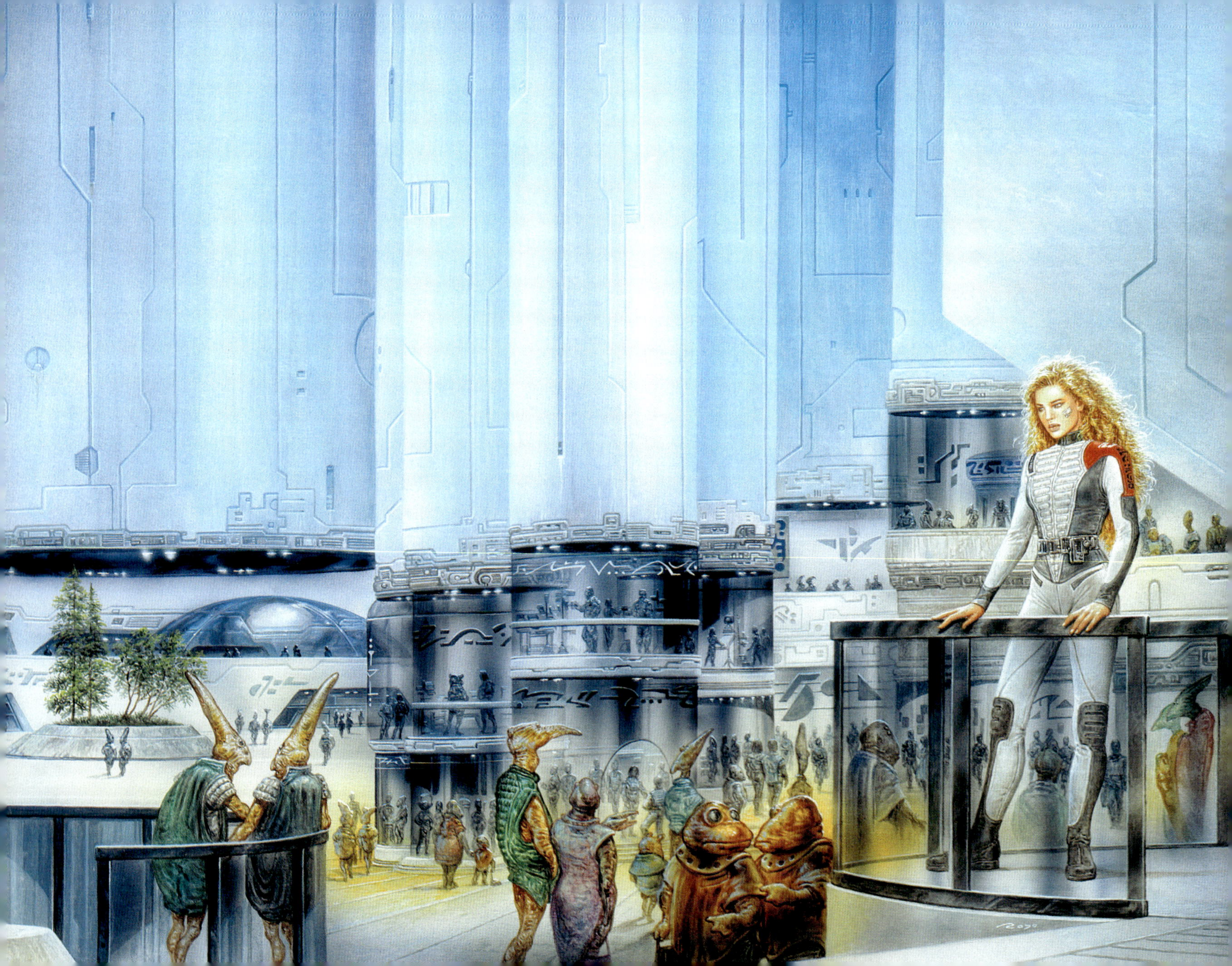

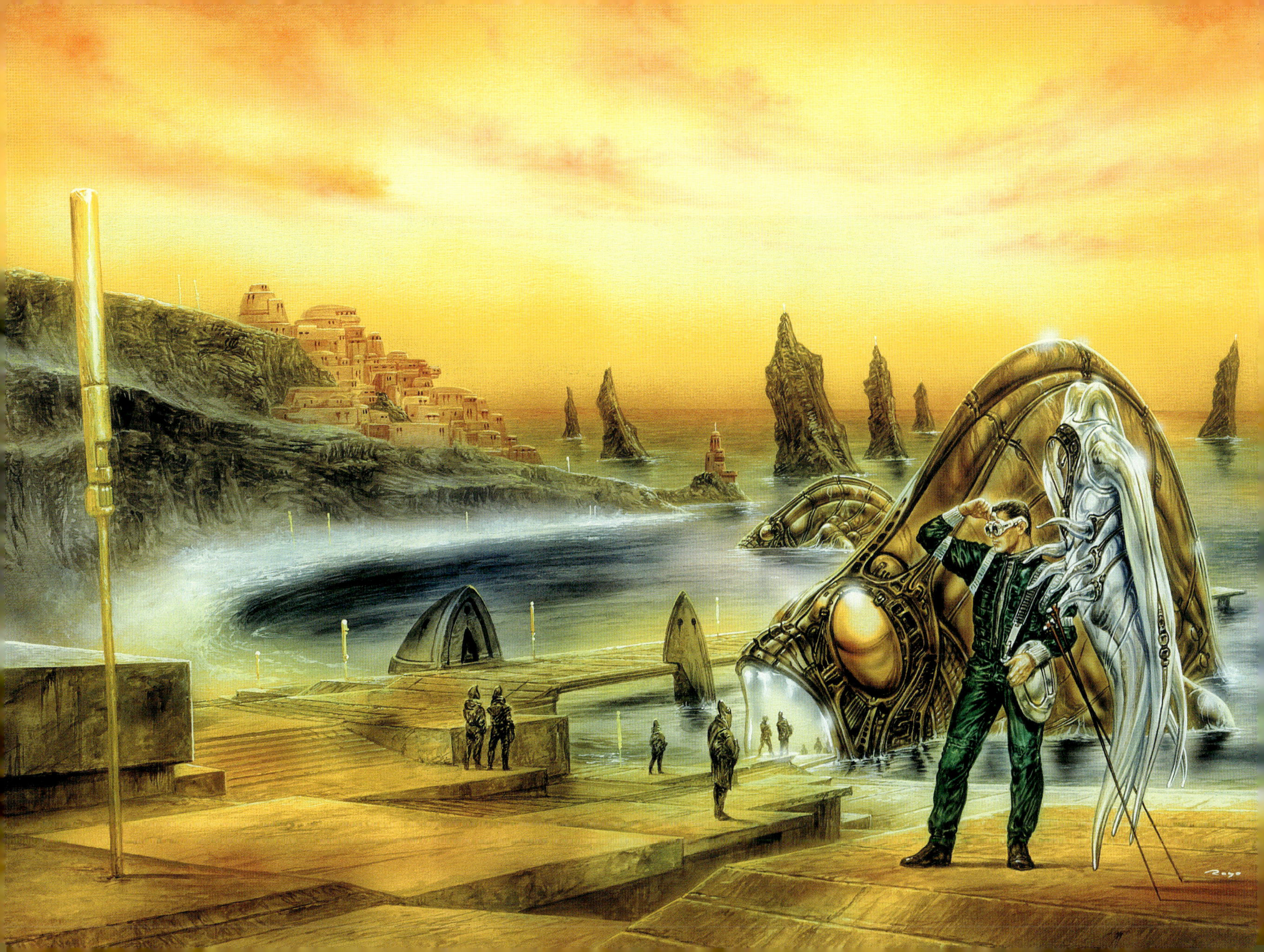
Royo

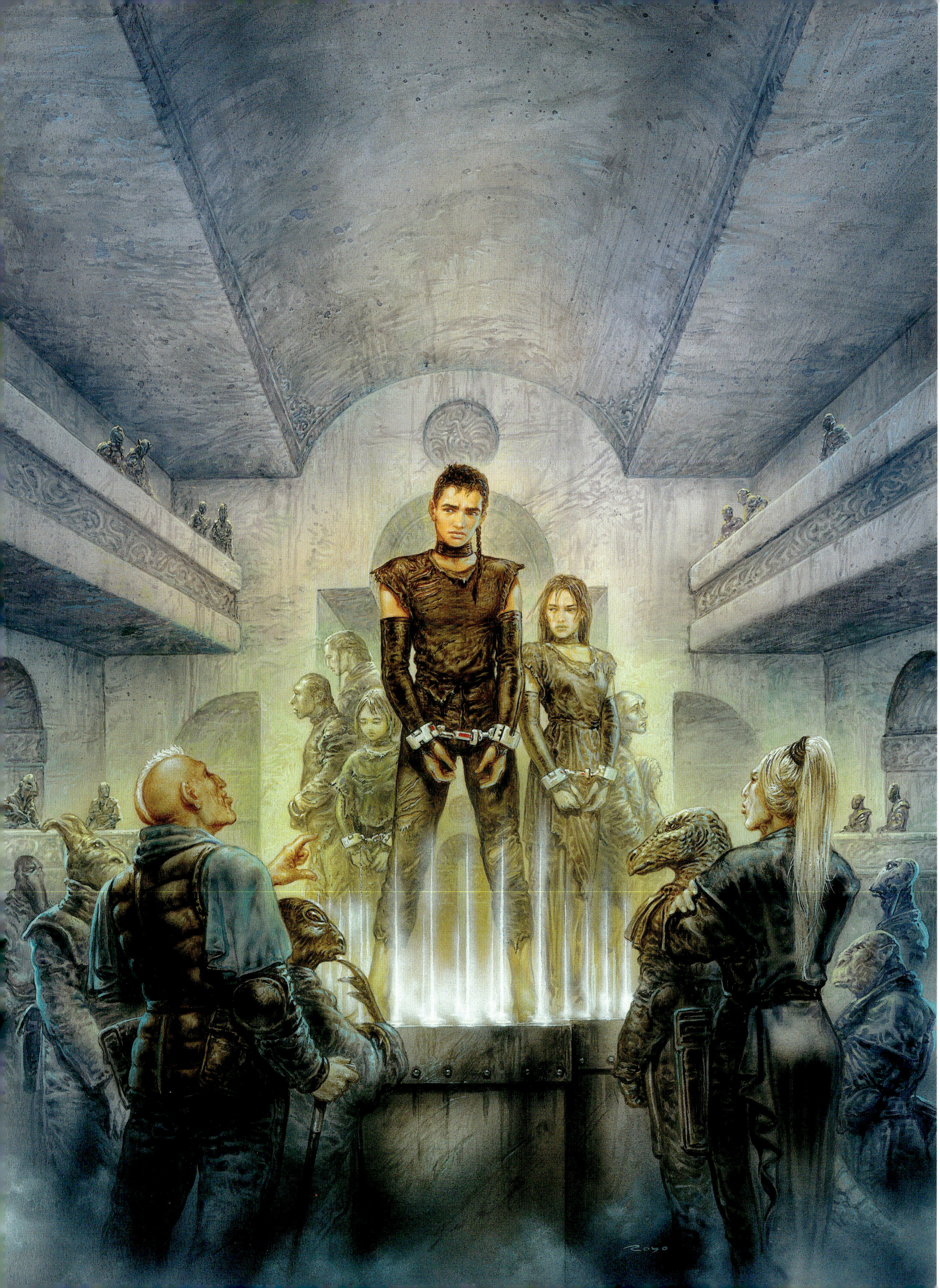

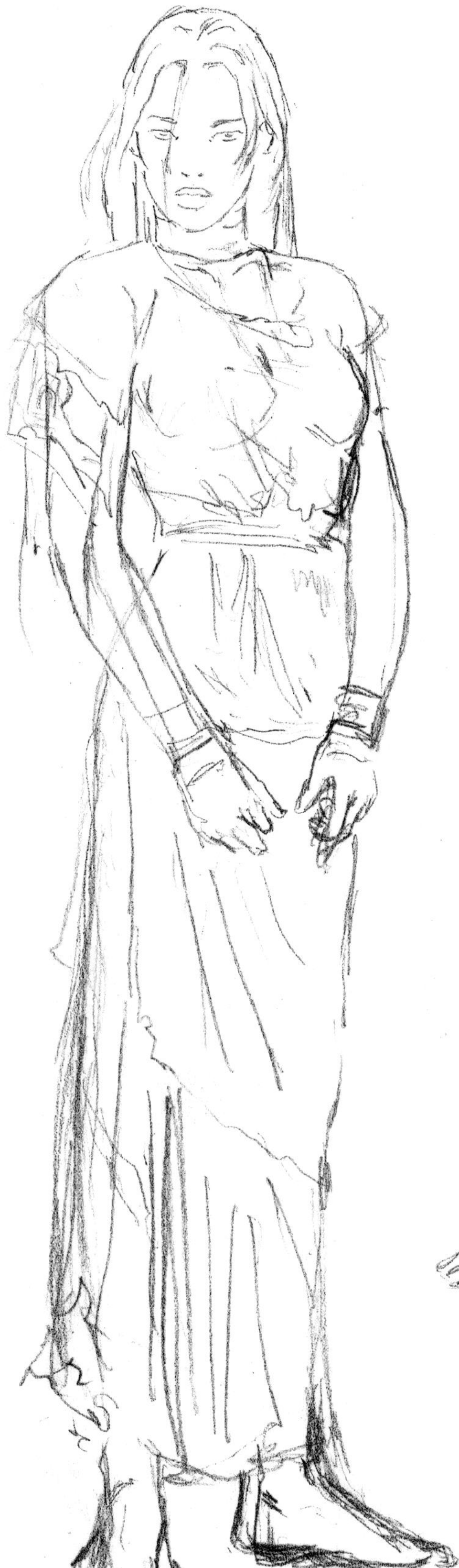

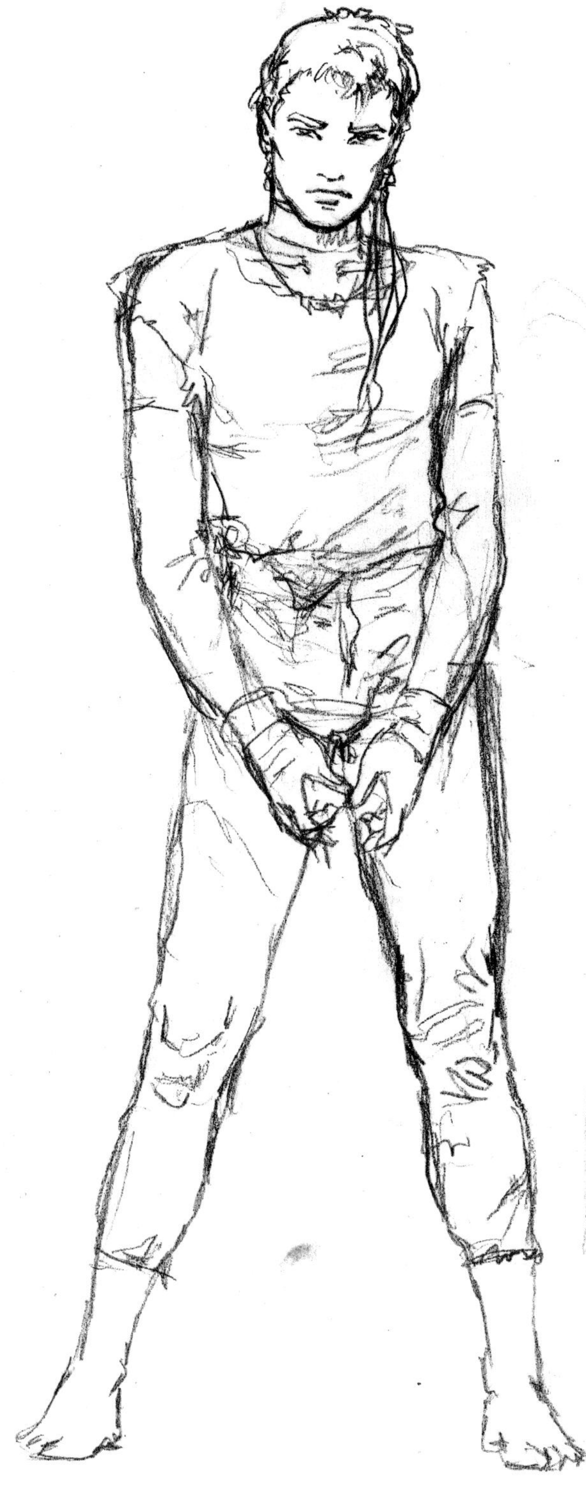

Zum Verkauf angeboten, wie Fische in der Auktionshalle, die auf das beste Angebot warten und auf eine Zukunft, in der man den Traum vergessen hat, in dem der Wind einem ins Gesicht bläst.

Exposés pour la vente comme le poisson dans les halles de marées pour la meilleure offre, pour un avenir où tout est marché, où le rêve du vent qui gifle votre visage est oublié.

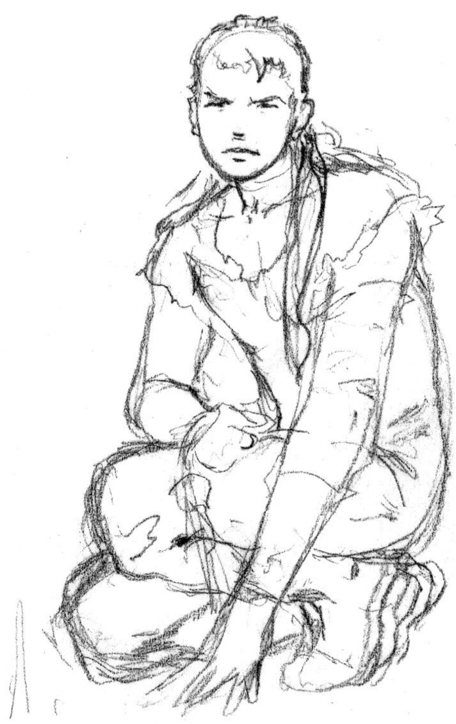

LIGHT AND DARKNESS (THE FOURTH OF THE SEVEN VIRTUES) – *2002 (54 x 35,8 cm)* »

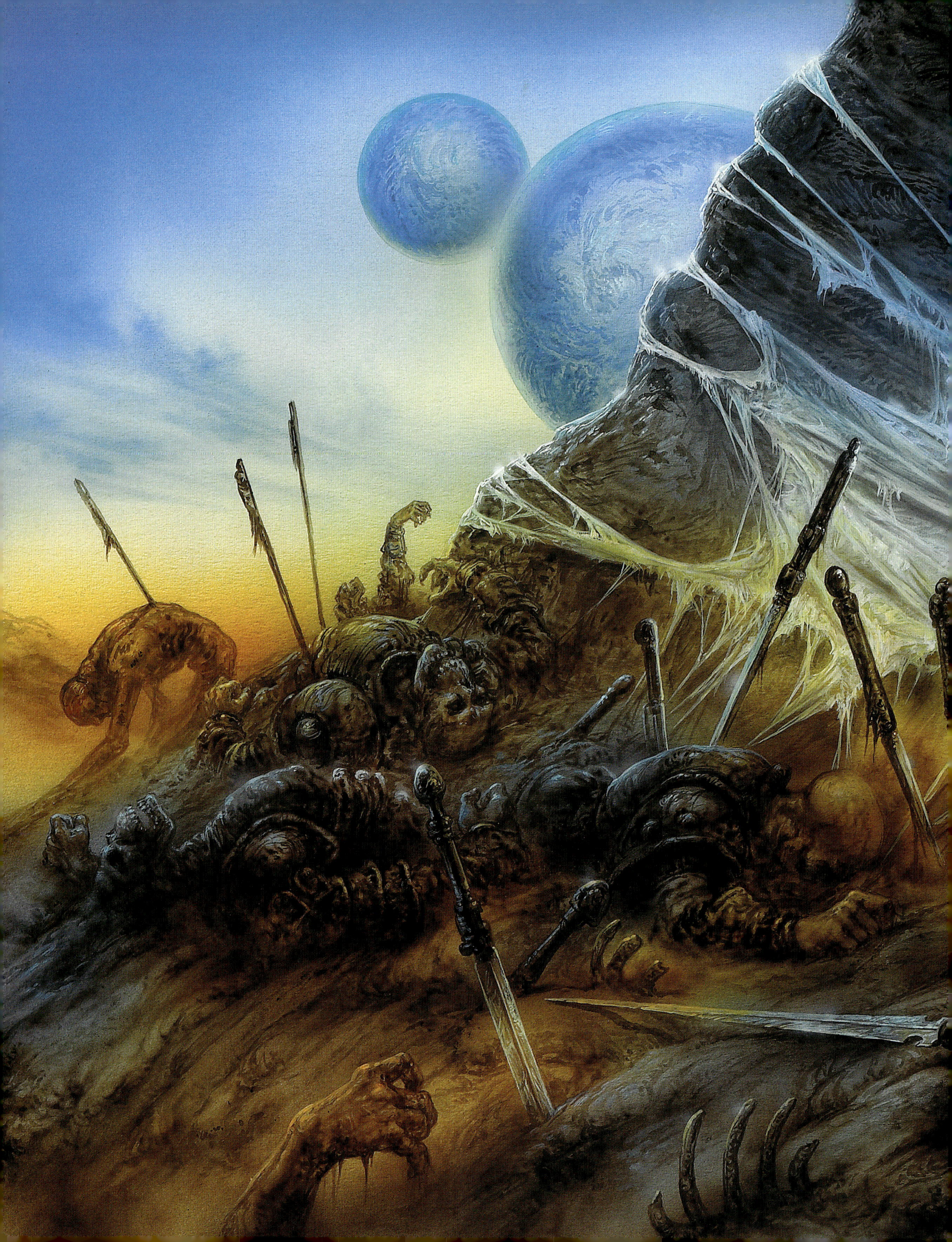

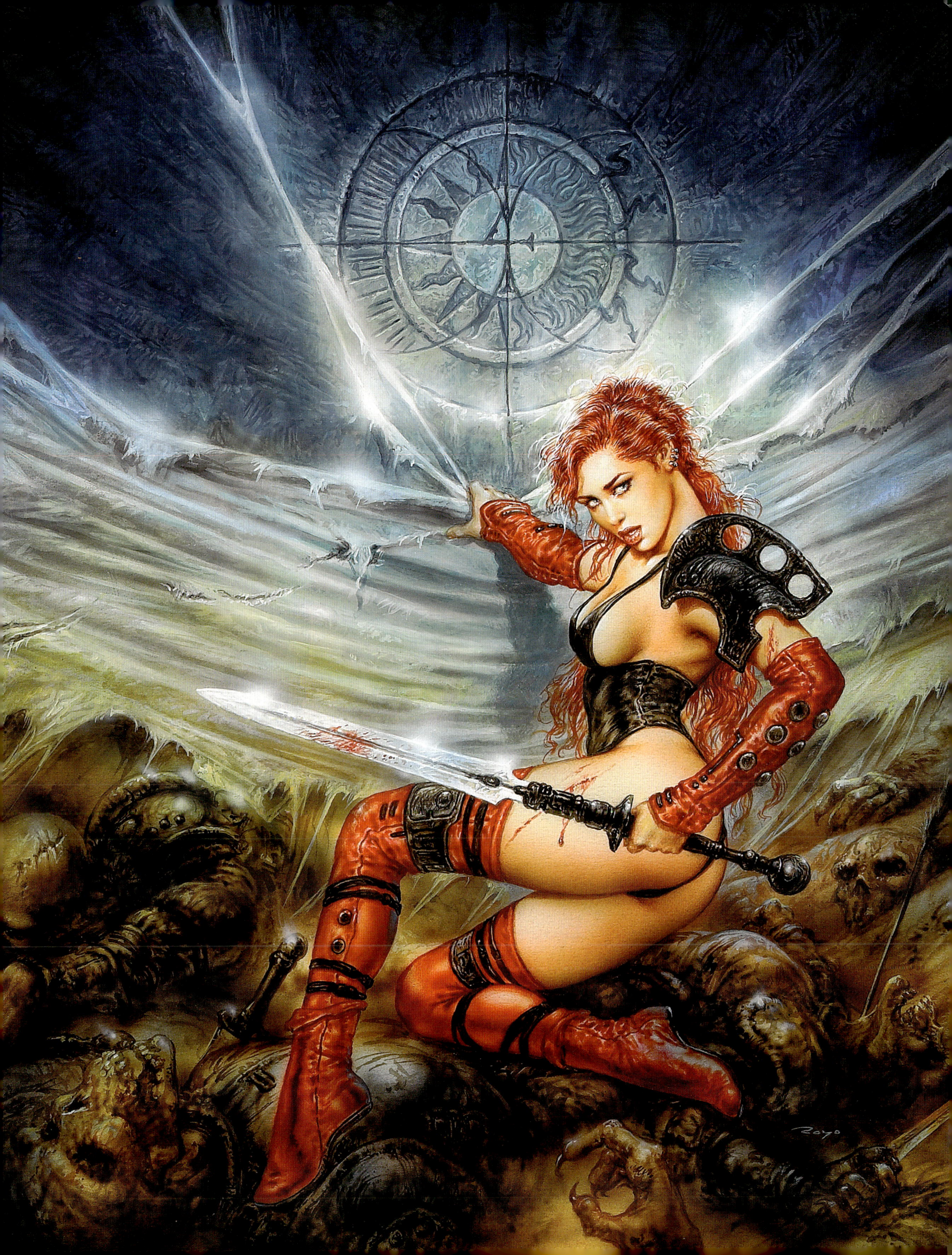
ROYO

Die übernatürliche Kraft der schwarzen Seele im Universum der Zukunft.

Es starben die Legenden der weißen Feen mit Kleidung aus luftiger Seide, mit leichten und durchsichtigen Flügeln. Es starben die bunten Blumen, die in ihrem lockigen blonden Haar steckten und es starb auch ihr Duft.

Von nun an wird sich die Atmosphäre in stinkende graue Dämpfe verwandeln, welche die Boshaftigkeit mit sich bringen.

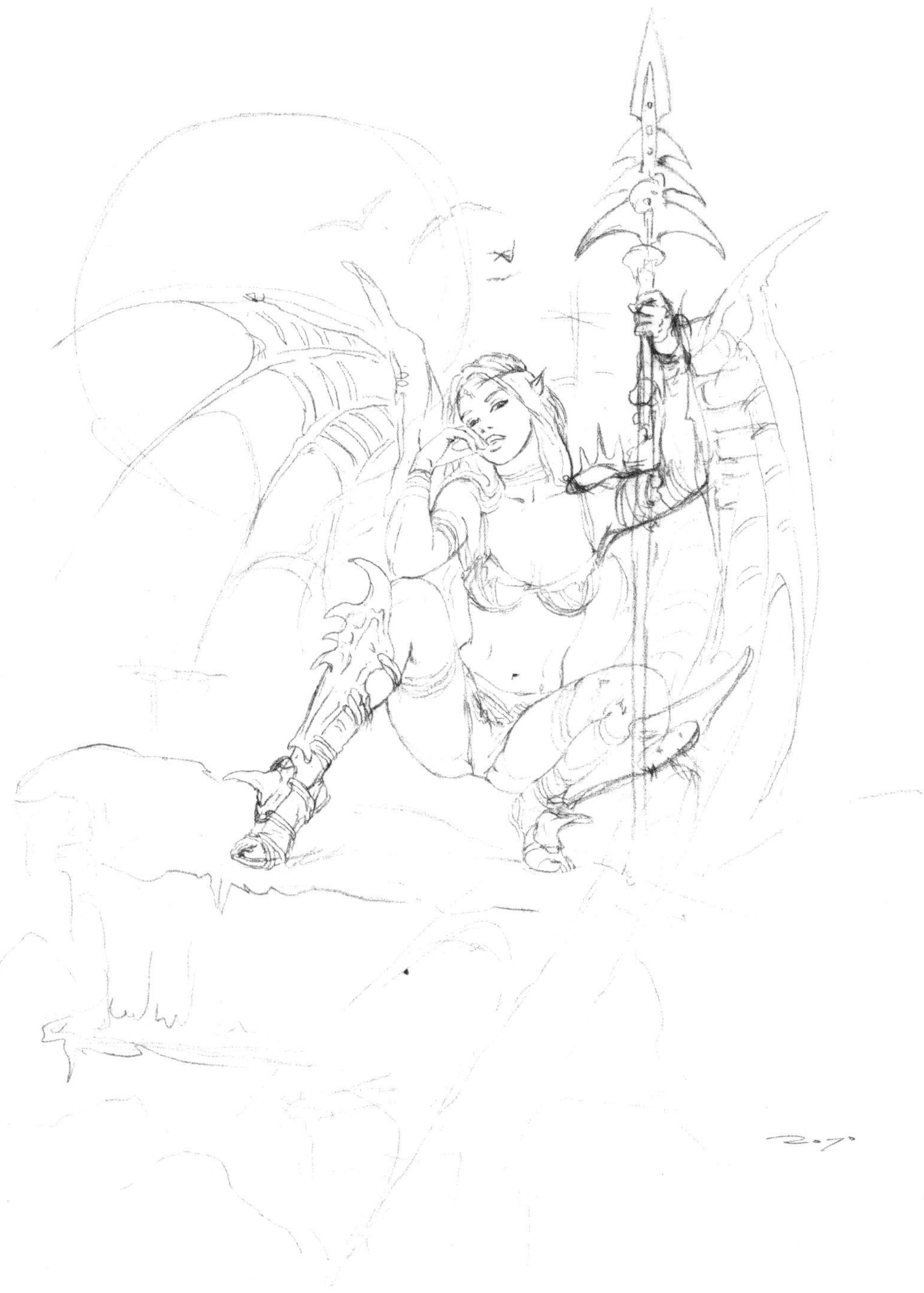

Le pouvoir surnaturel de l'âme noire pour l'univers du futur.

Les légendes des fées blanches aux habits de soie claire et vaporeuse, aux ailes légères et transparentes, les fleurs multicolores ornant leurs cheveux blonds ondulés et leur parfum qui s'évanouit.

A partir de maintenant, l'atmosphère se transformera en vapeurs fétides grises qui amèneront la malice.

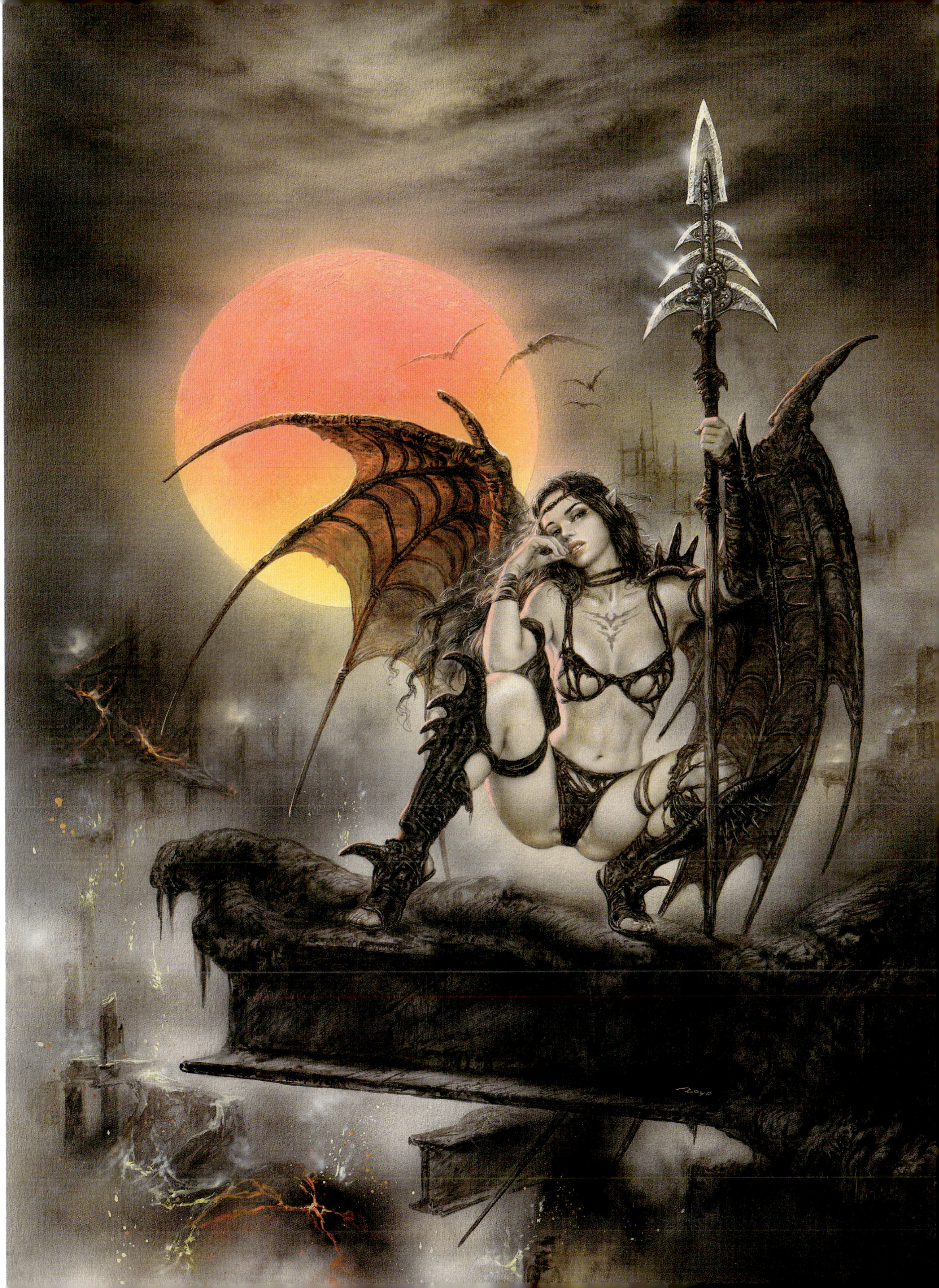

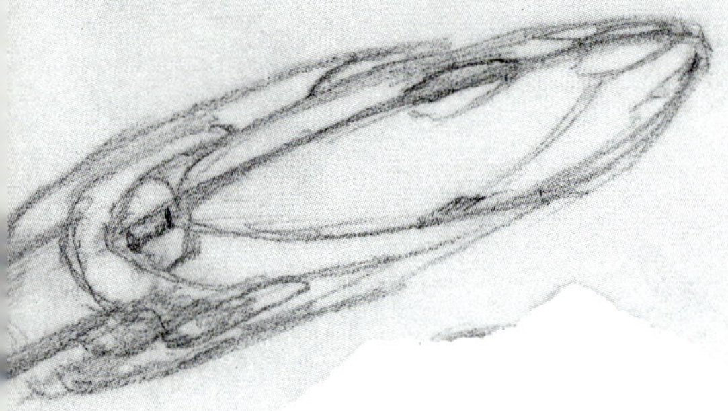

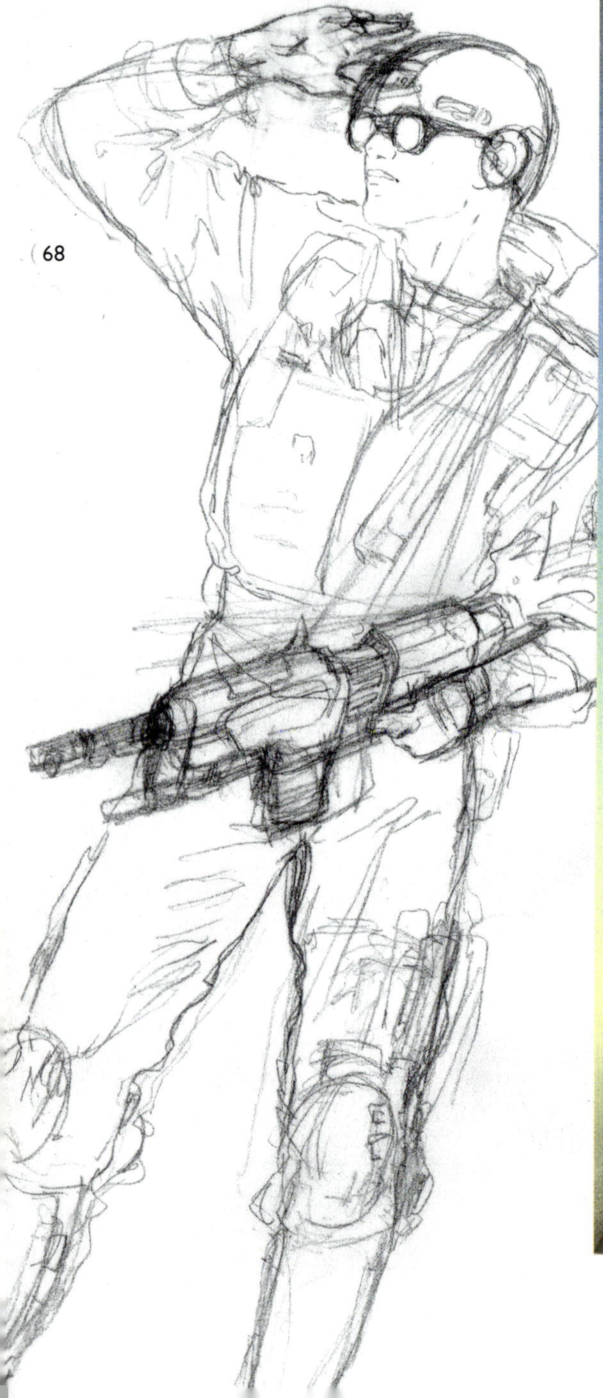

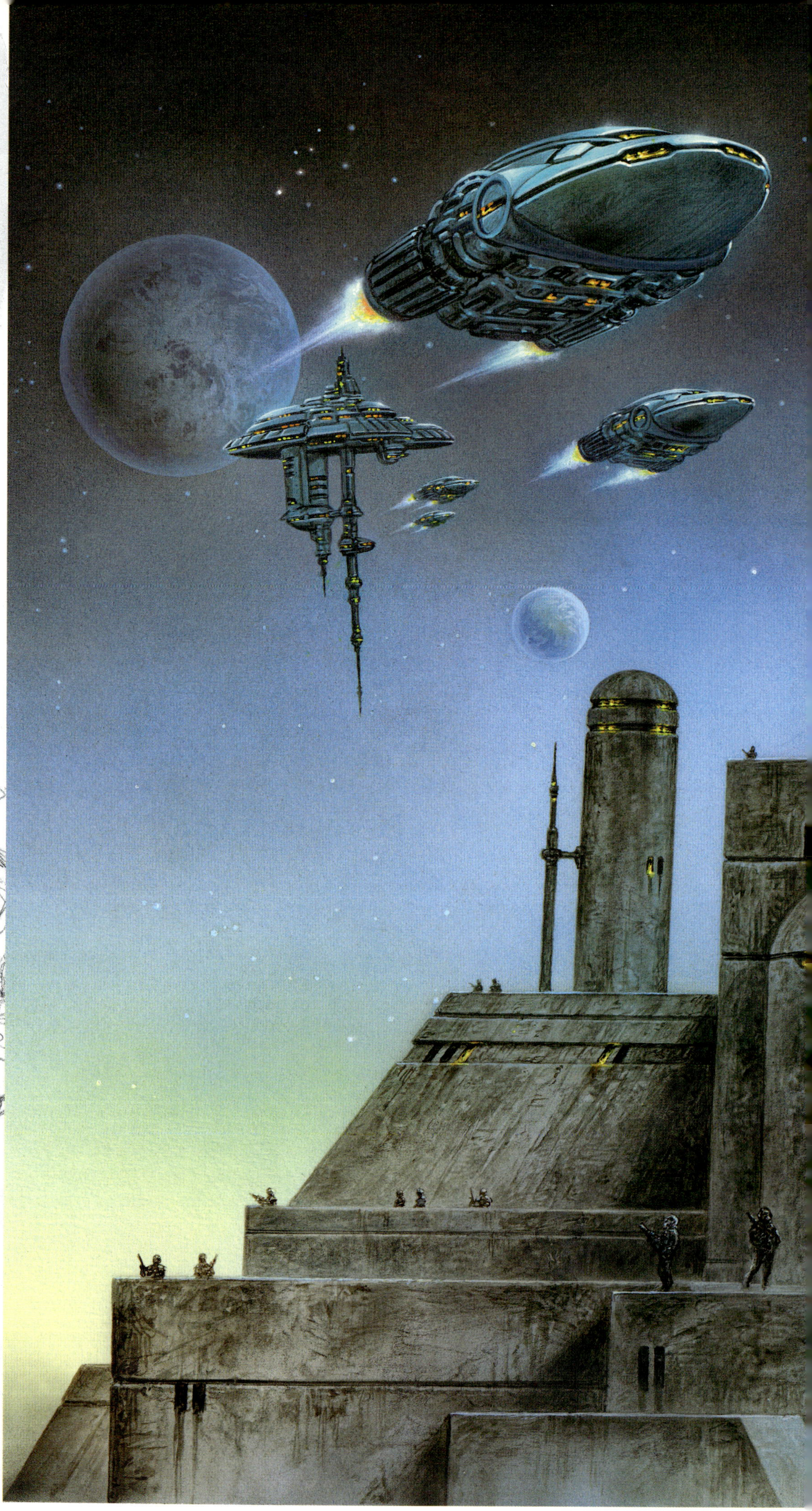

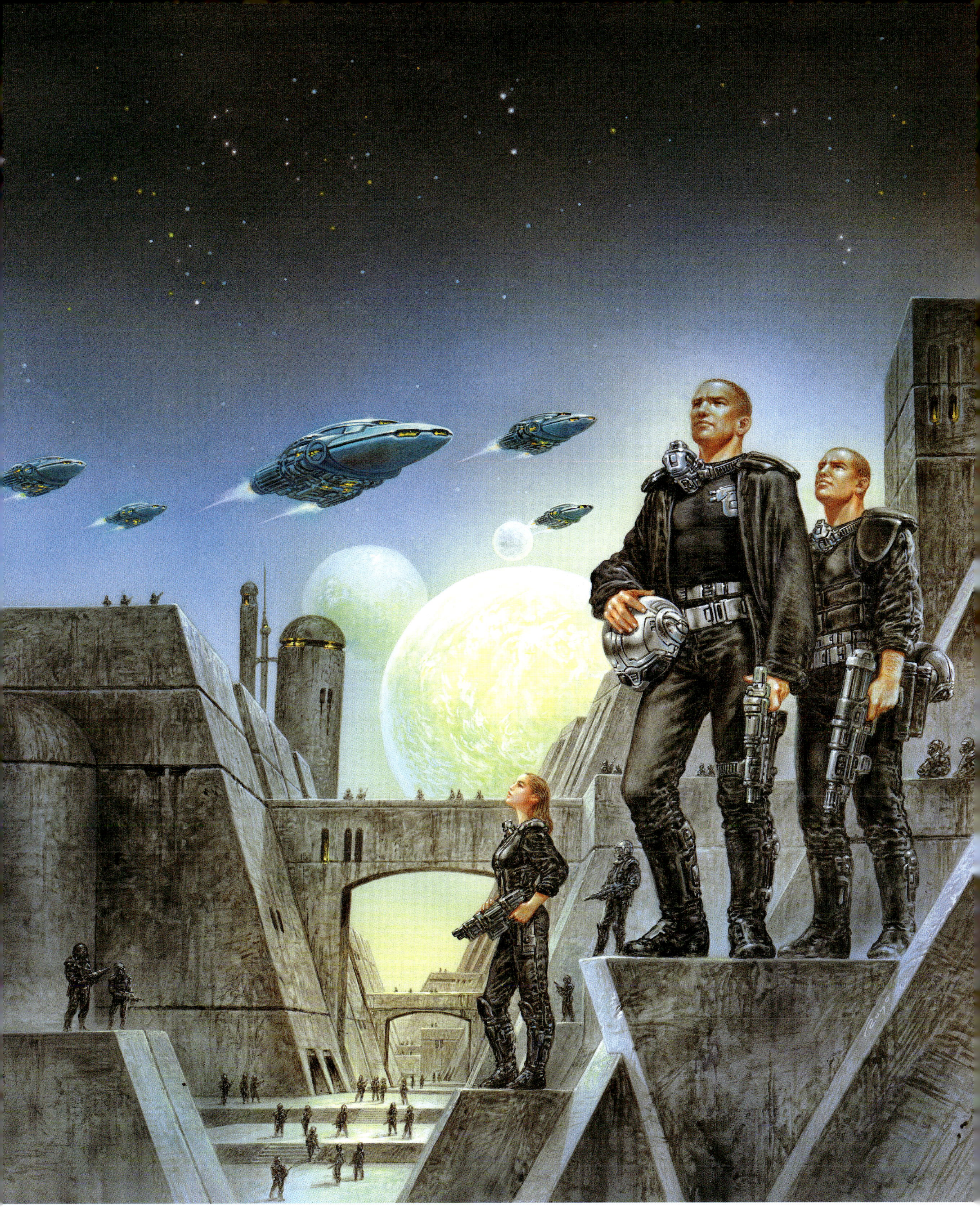

DORSAI OMNIBUS – *2001 (54 x 34 cm)*

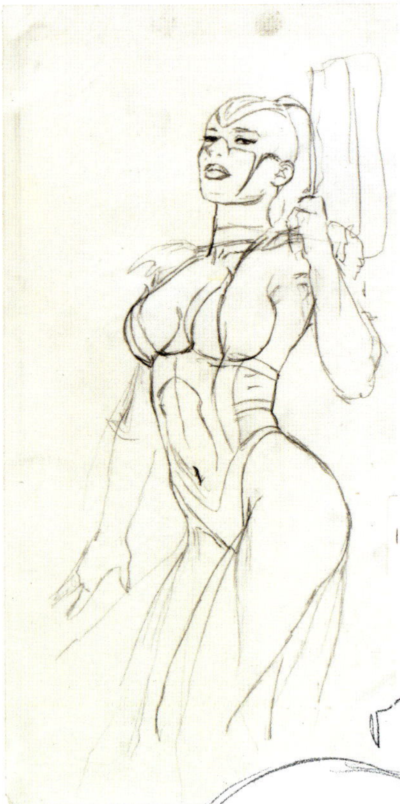

Während für die Pharaonen der Skorpion eines der ältesten Hieroglyphen war und er den Kopf der Isis und das Zepter der Herrscher schmückte, durfte bei anderen afrikanischen Völkern nicht einmal sein Name ausgesprochen werden, weil er als unheilbringend galt. Im Mittelalter war der Skorpion auch Sinnbild des Verrates und Symbol des Teufels.

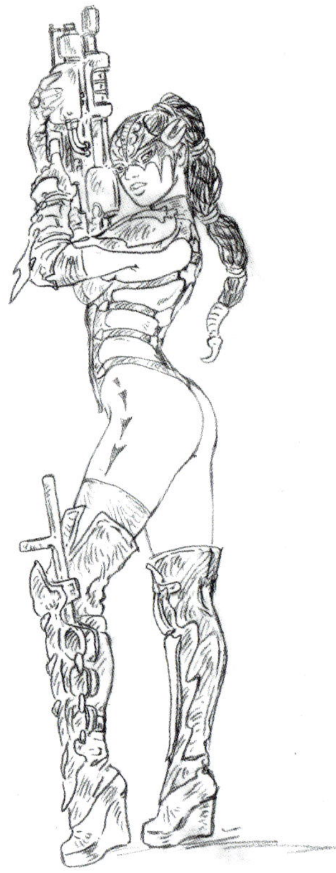

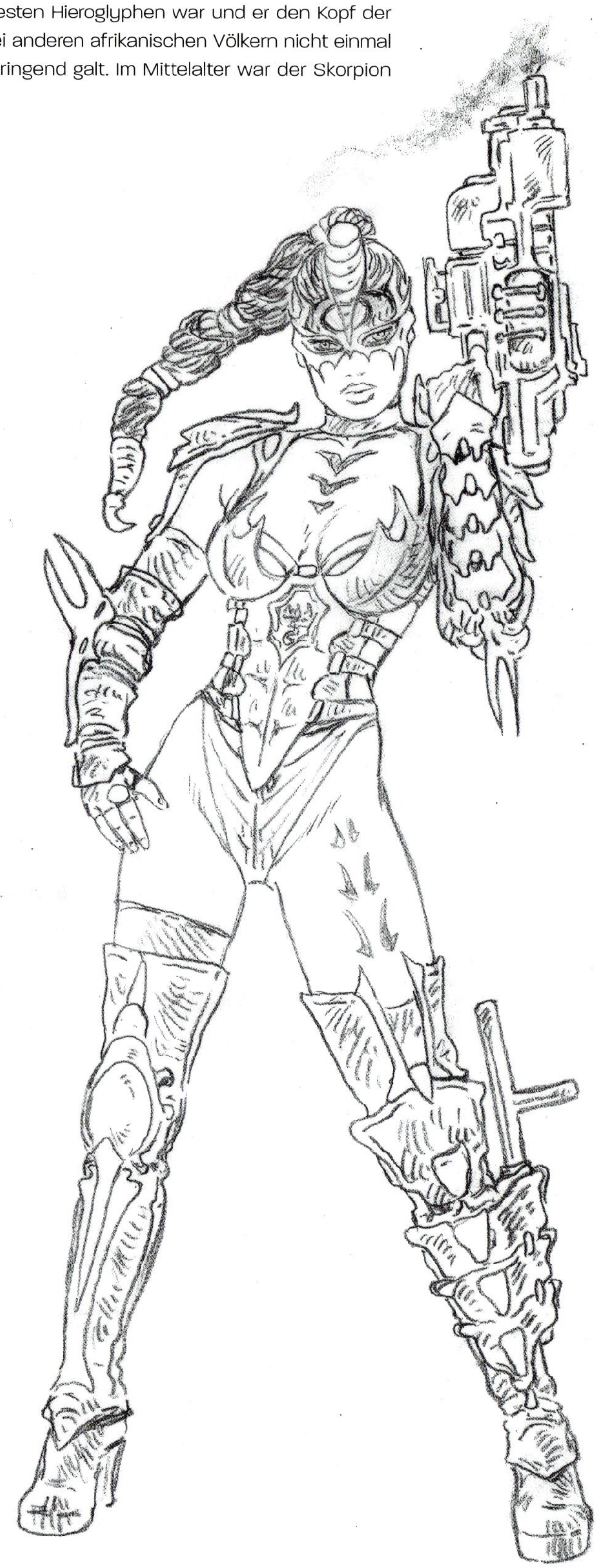

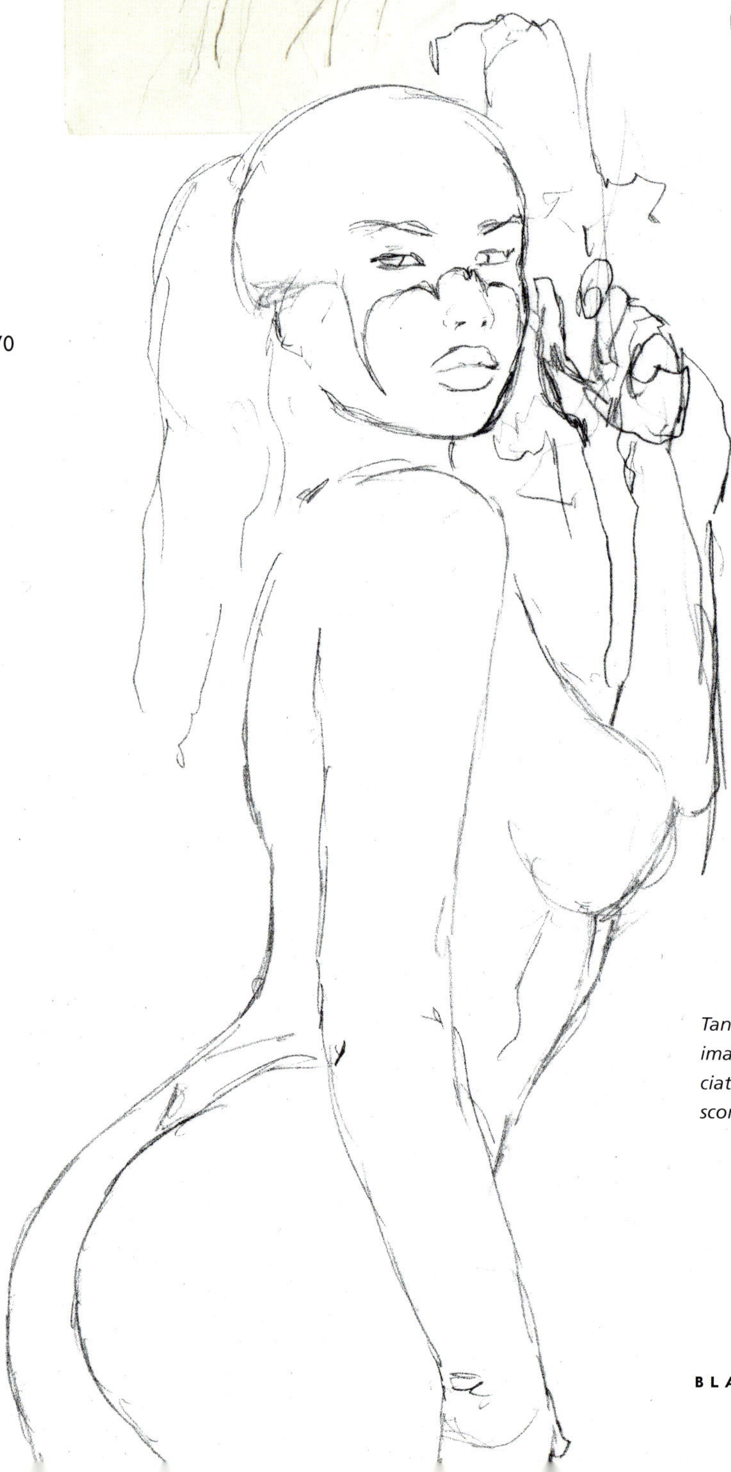

Tandis que les pharaons considéraient le scorpion comme un des plus anciens hiéroglyphes et leur image finissait en tête d'Isis et couronnait leurs trônes, pour d'autres peuples africains, la prononciation du seul mot était interdite, puisqu'il s'agissait d'un animal maléfique. Au moyen-âge, le scorpion fût également considéré comme l'emblème de la trahison, symbole du démon même.

BLACK SCORPION AND THE RAIDERS OF THE DOOM – *2001 (31x39 cm)*

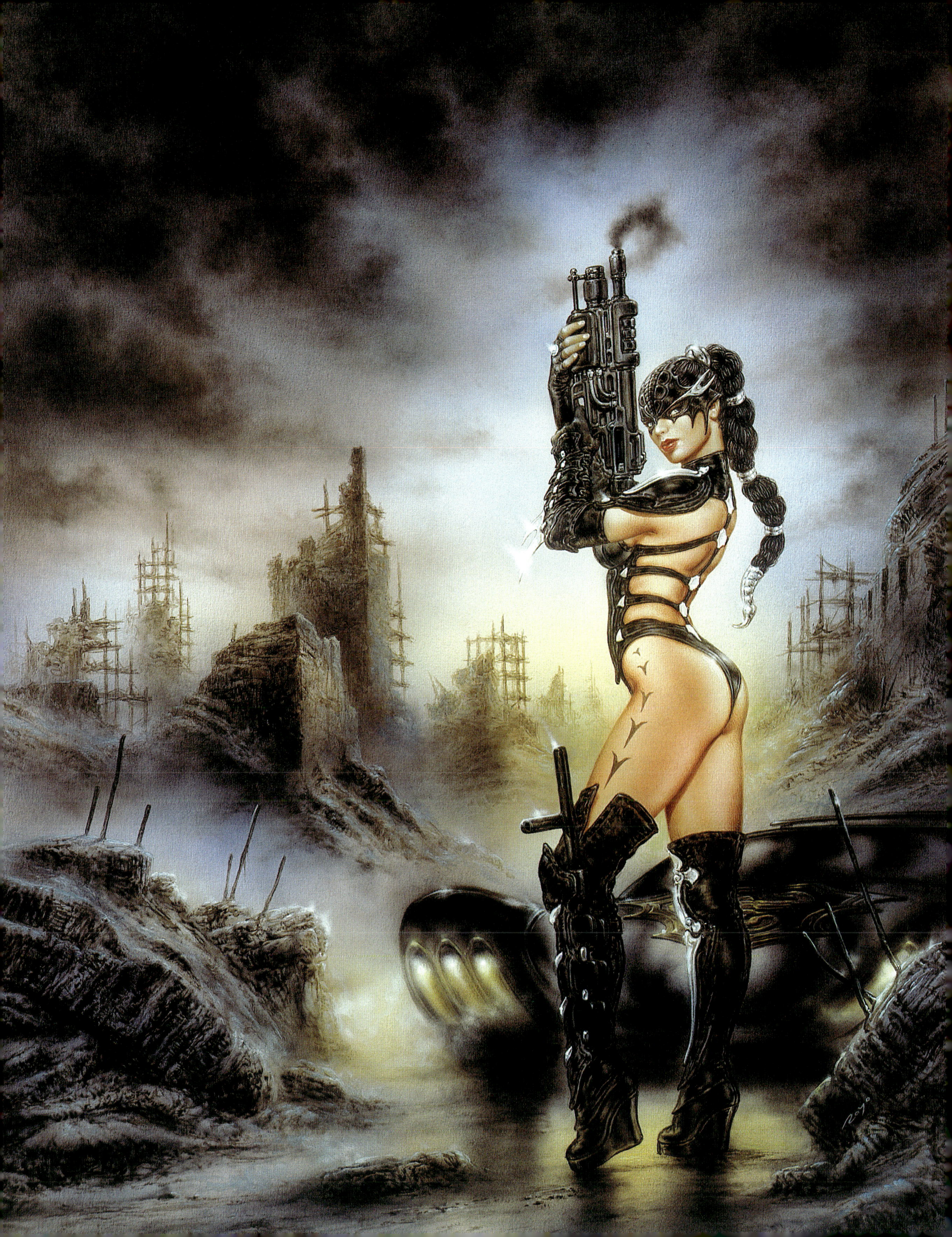

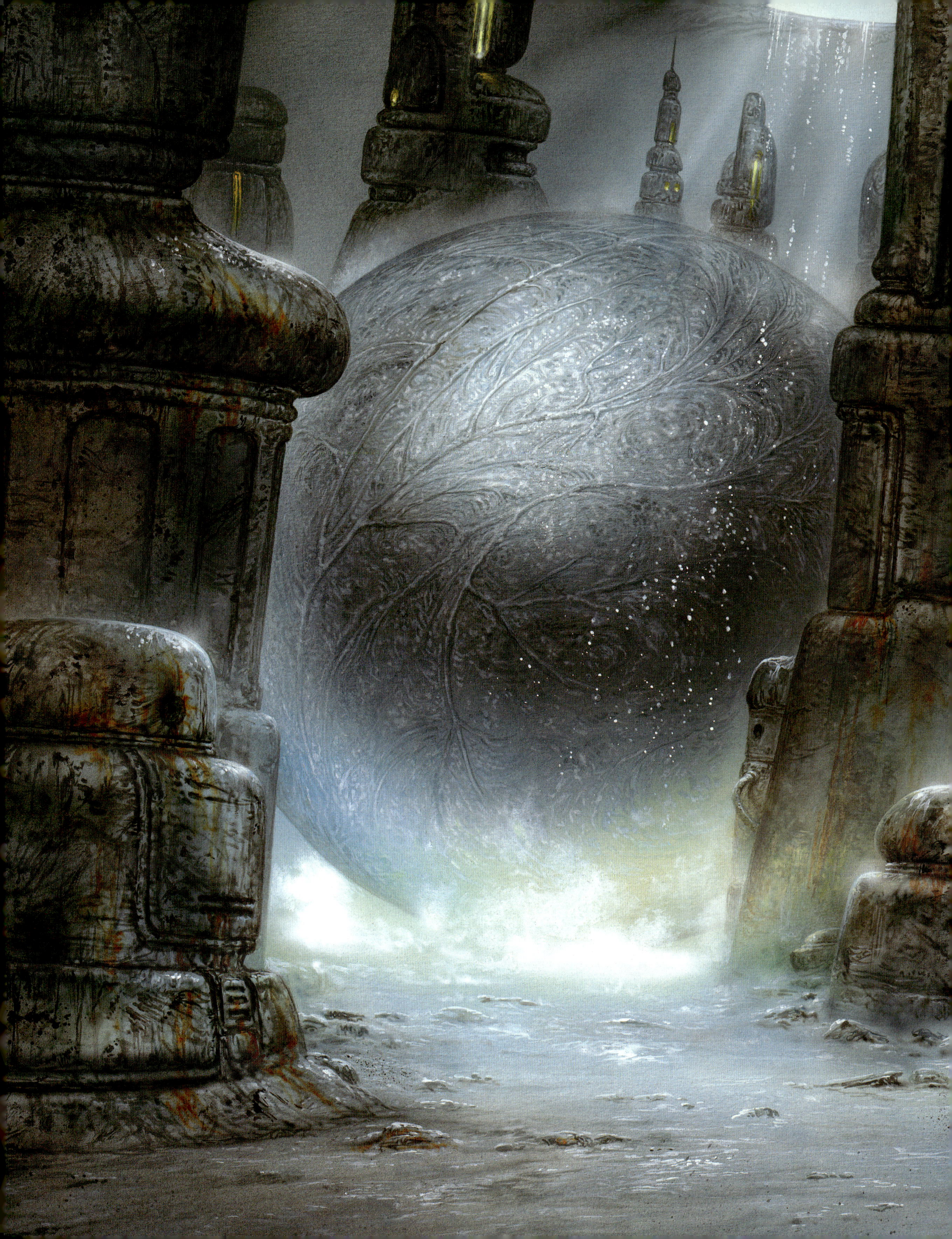

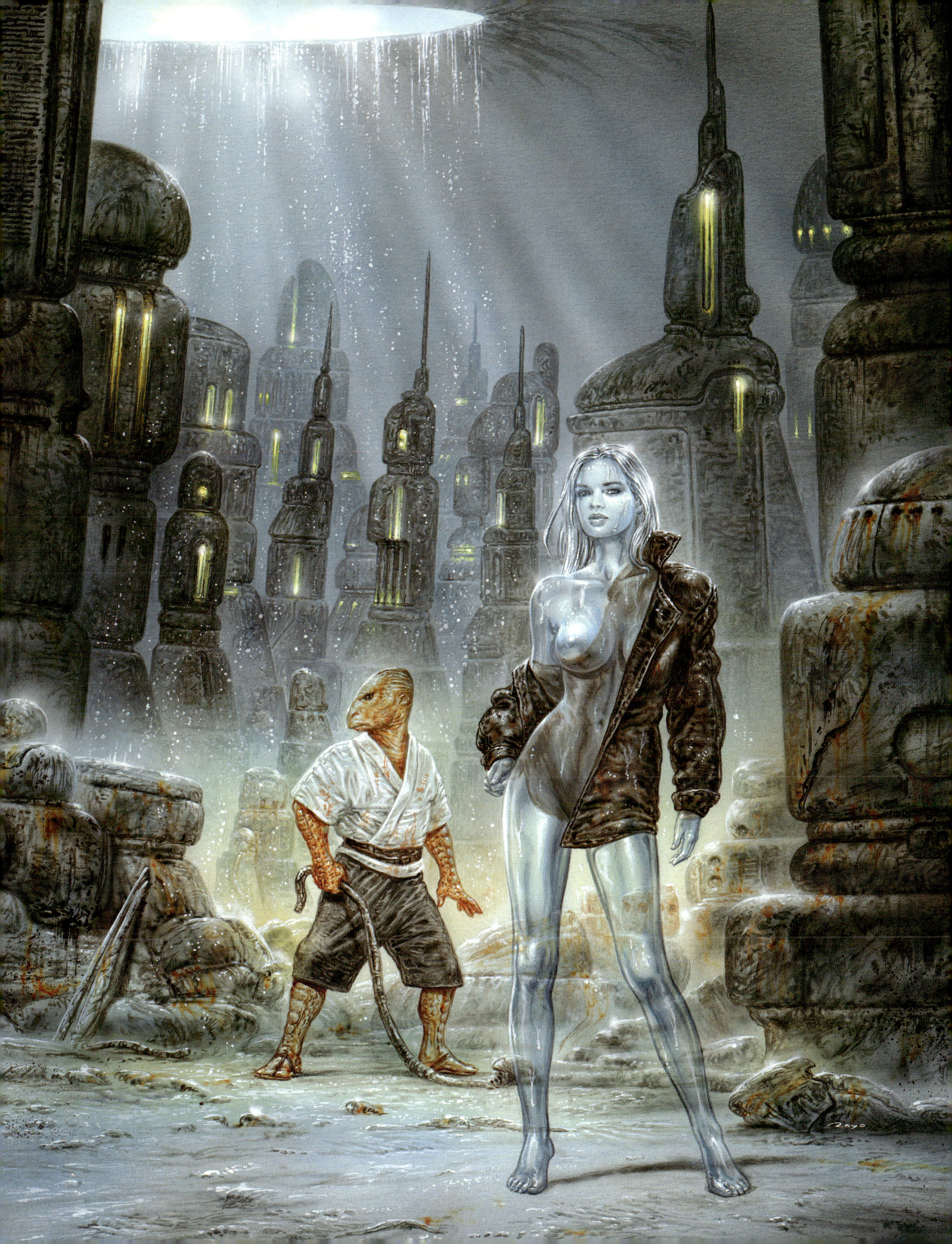

DOM

Das Windland – Le Pays du Vent

Diese Welt, die in den Partikeln der Luft zu finden ist und sich mit dem Wind bewegt, entdeckte ich durch meine Unterhaltungen mit Mamita Confesora.
Die kleine Alte, die doppelt so schwer war wie ich, nahm mich lächelnd bei der Hand und führte mich mit ihren musikalischen Worten zum Windland, während unsere Körper zurückblieben in der überwältigenden Landschaft des karibischen Urwaldes von Los Haitises, nahe der Bucht von Samanã. Und so wurde das Projekt für ein neues Buch, das den Namen DOM tragen soll, ins Leben gerufen. *Alia und der Aussichtspunkt im Tal von Dom* ist einer der Entwürfe für dieses Projekt.
Das Windland wird von hunderten von Völkern und merkwürdigen Wesen bewohnt. Nur wenig verstand ich von ihren Erfahrungen und Absichten. Zwischen den Gebirgsketten von Calli und Balua Alta fließen zwei wasserreiche Flüsse, die das Tal von Dom durchqueren und sich an dessen Ende miteinander vereinigen. Es gibt auch einige wichtige Städte, Klöster, Burgen, Festungstürme und eine Hauptstadt, Zae-Dom.
In den Bergen von Los Haitises, über denen die Wolken eng beieinander stehen, so dass man mehr Zeit als gewöhnlich in ihnen verbringen könnte, und mit Hilfe des Nebels, des Zigarrenrauches und des Regens aus Rumtröpfchen, den die alte Voodoo-Priesterin versprühte, gelang es mir, mit dem Wind zu reisen, jene Wesen zu beobachten und dieses Universum zu entdecken.
Eine ganze Nacht lang strich ich durch DOM, um es durch den Nebel zu erhaschen.
Nie wieder habe ich das Windland besuchen können, aber in jener Nacht und mit der Hilfe von Mamita Confesora entdeckte ich eine eigene Welt, eine Welt, die durch die Luft reist, vom Wind getrieben. Ich konnte mich unter seine Bewohner mischen, die tausend verschiedene merkwürdige Formen und eigentümliche Kunstfertigkeiten aufwiesen, von einer außergewöhnlichen Nymphe bis zu einem furchteinflößenden Monster. Diese einzige Nacht ließ meine Fantasie für Jahre überströmen.
Ich werde versuchen, meine Eindrücke nach und nach in Bilder zu fassen.

Je découvris tout ce monde là situé dans les particules de l'air, bougeant rapidement avec le vent, grâce aux conversations de "mamita" confesseuse. Cette petite vieille qui faisait le double de mon poids, toute pleine de sourires et d'ailes voleuses, chargée de mots musicaux me prît par la main et me mena au Pays du Vent et nos corps restaient assis dans ce paysage sidérant de la jungle caribéenne de Haïti , près de la baie de Samaná. Et c'est de ce paysage que naquit le projet d'un livre qui s'appellera DOM.
Alia et le mirador de la vallée de Dom est un des travaux pour ce projet.
Le Pays du Vent est peuplé de centaines de races et d'êtres étranges avec des vies et des intentions que je pus à peine comprendre. Entre les cordillères de Calli et de Balua Alta, il y a deux rivières à fort débit qui traversent la vallée de Dom puis s'unissent ensuite au bout de celle-ci. Il y a également des villes importantes, des monastères, des forteresses, des tourelles et Zae-Dom, la capitale.
Sur ces montagnes des Haitises, où les nuages se collaient entre eux et où l'on pouvait vivre plus longtemps qu'ailleurs, je pus voyager avec le vent, observer ces êtres et découvrir tout cet univers-là avec l'aide de la brume, la fumée des cigares et les gouttes d'une fine pluie de rhum sculptées par mami la confesseuse, cette ancienne pratiquante du vaudou.
Toute la nuit, rodant dans le pays de DOM à essayer de saisir le vent d'entre la brume.
Je n'ai jamais pu visiter le Pays du Vent, mais cette nuit là avec l'aide de mamita confesseuse, je découvris tout un monde qui voyage dans l'air, agité par le vent. Je pus me mêler à ces habitants aux mille formes étranges et aux habiletés différentes, qui allaient de la nymphe singulière au gardien monstrueux. Mon regard fut bouleversé en une seule nuit pour des années. J'essaierai petit à petit de décrire ce monde dans mes images.

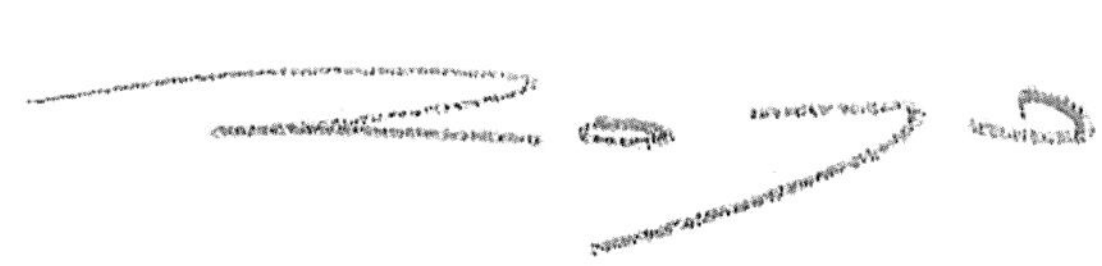

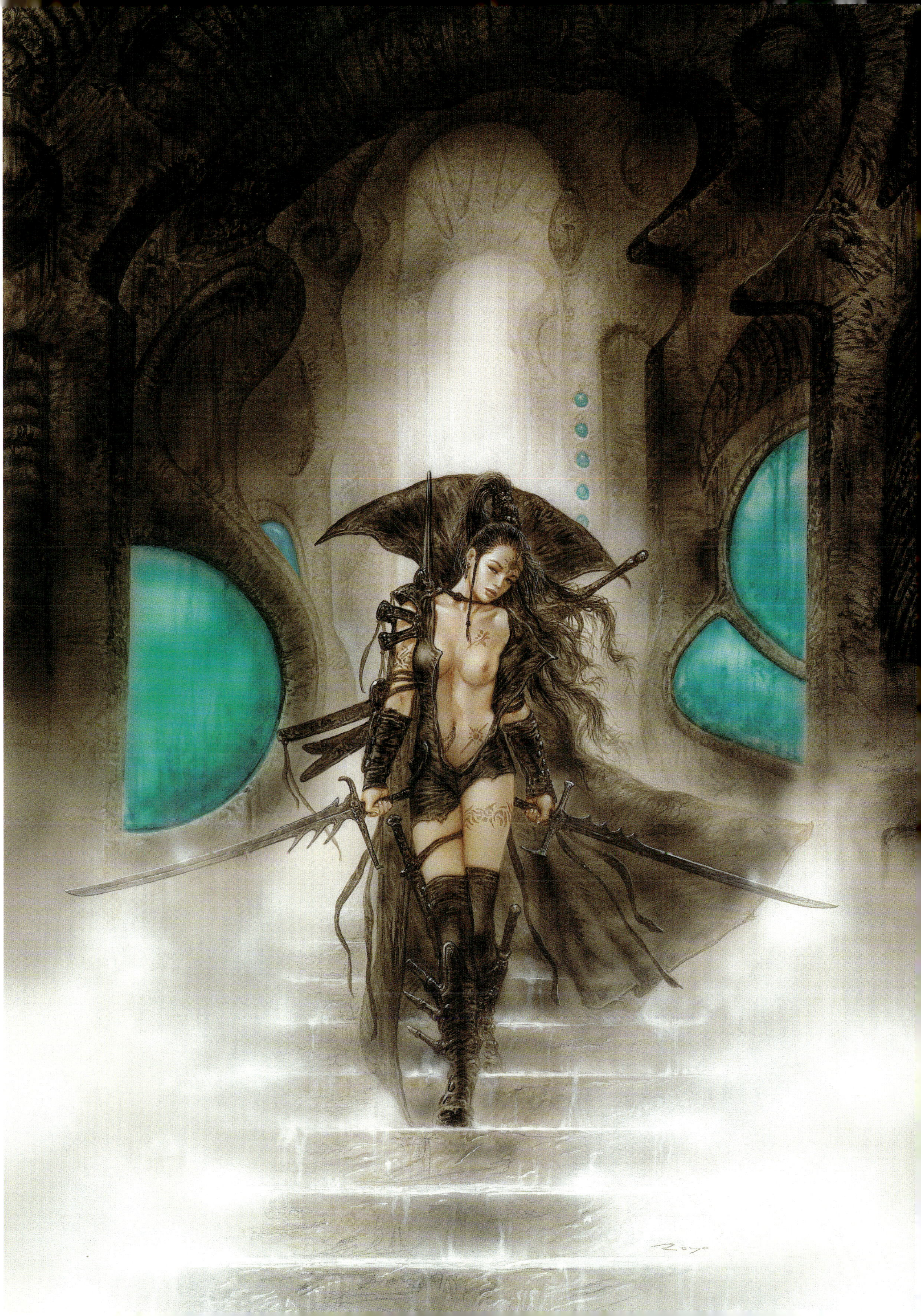

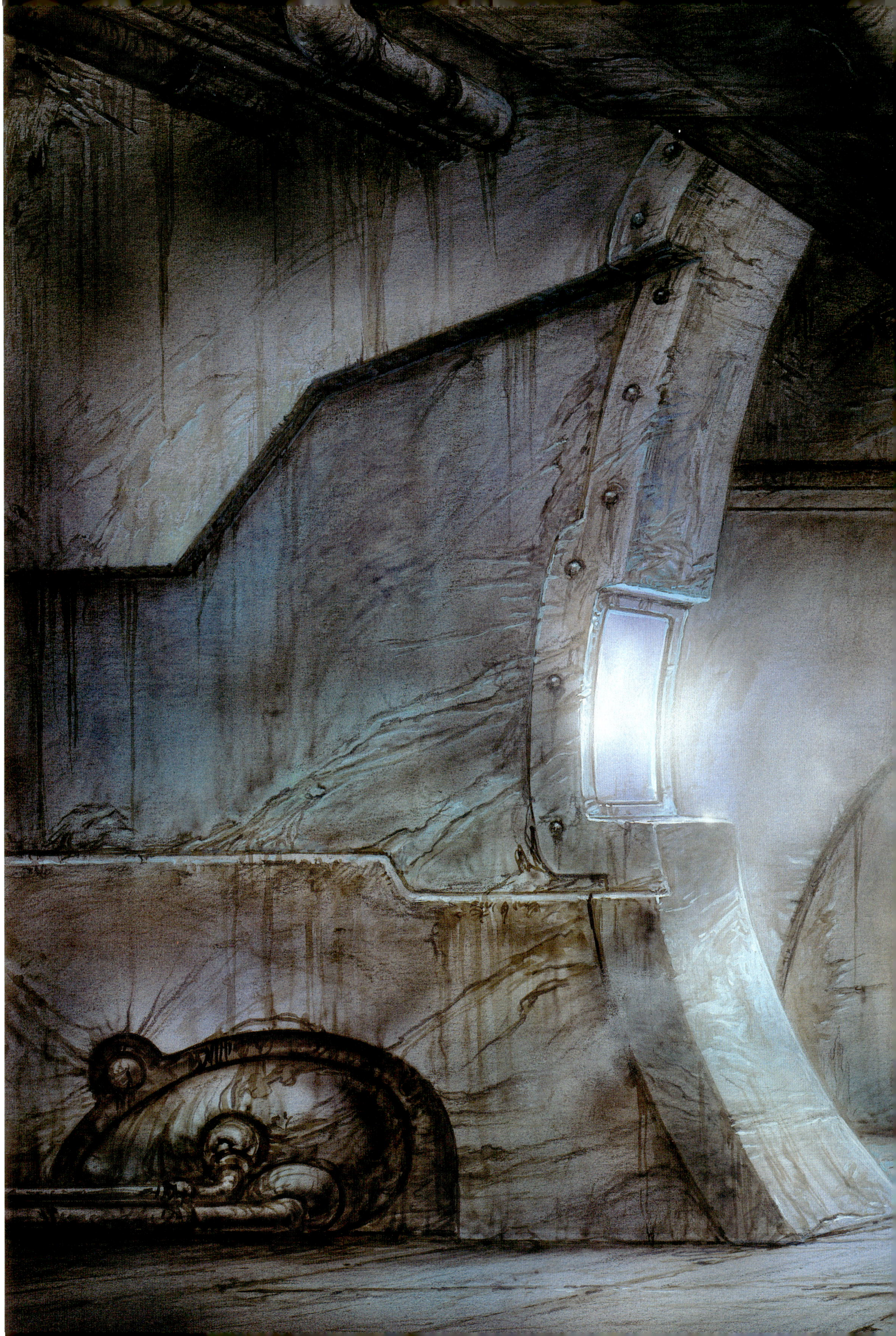

ZENDRA AND ABATHOR – *2002 (40 x 28 cm)*

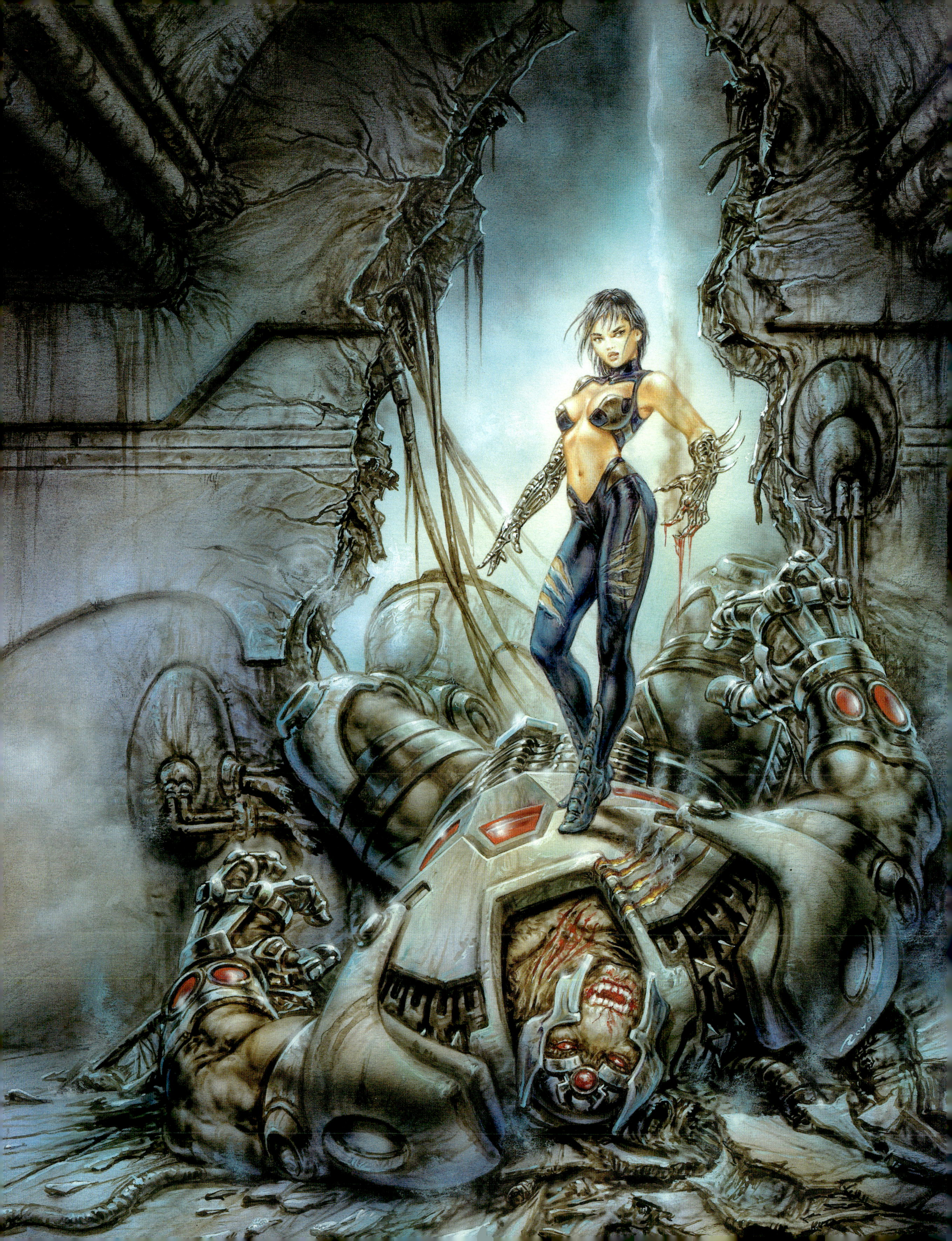

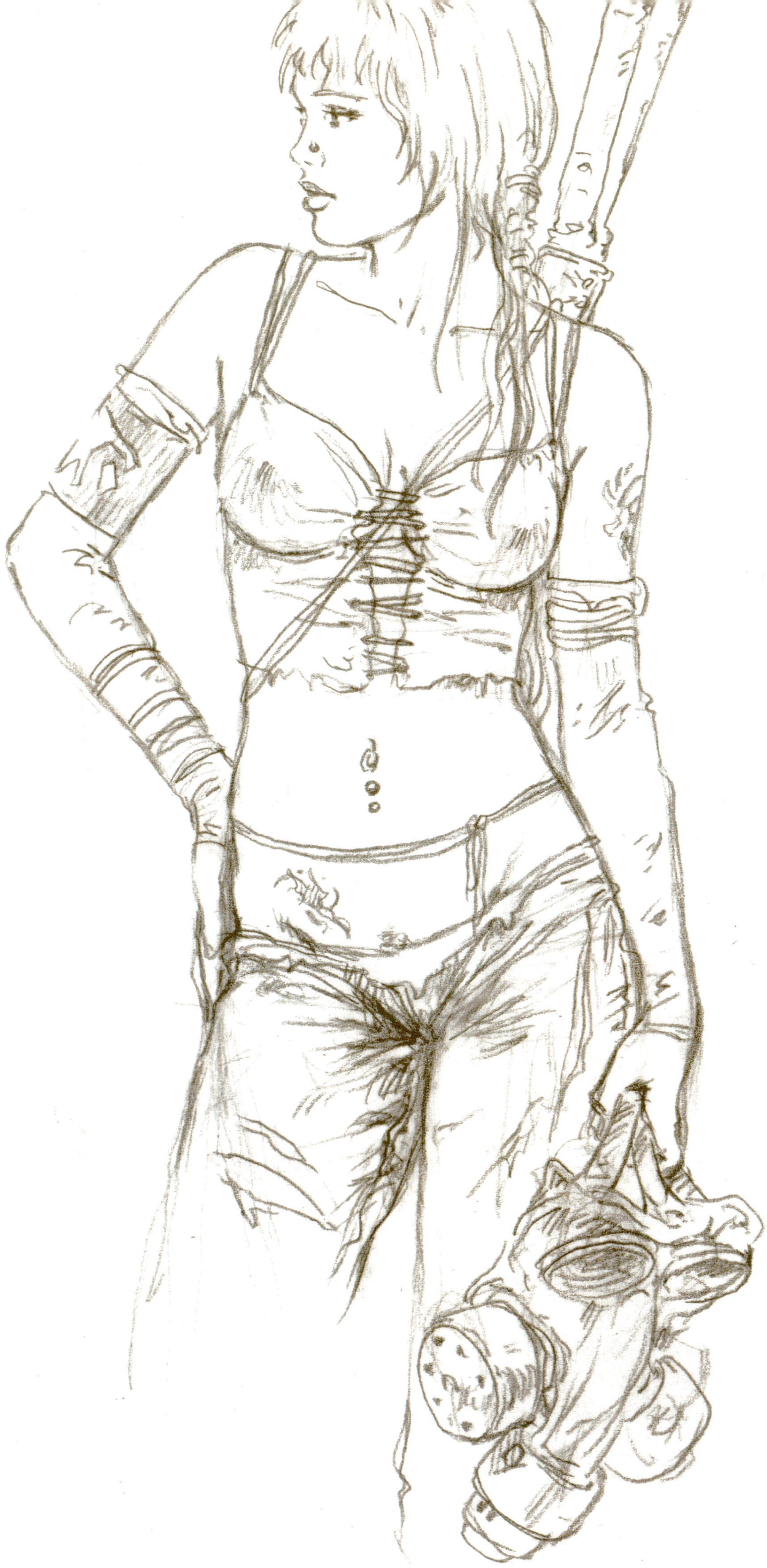

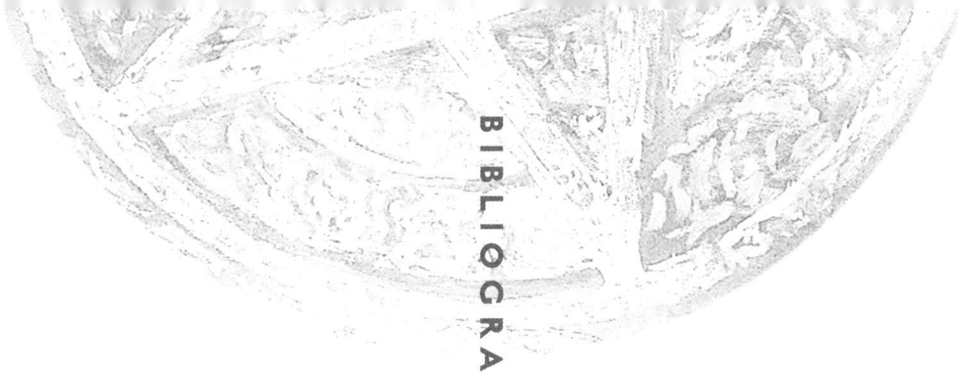

BIBLIOGRAFIE - BIBLIOGRAPHIE

BILDBÄNDE

WOMEN
MALEFIC
SECRETS
III MILLENNIUM
DREAMS
EVOLUTION
PROHIBITED BOOK I
PROHIBITED BOOK II
PROHIBITED BOOK III (in Vorbereitung)
CONCEPTIONS I
CONCEPTIONS II (in Vorbereitung)
VISIONS

TRADING-CARDS-KOLLEKTIONEN

FROM FANTASY TO REALITY
FORBIDDEN UNIVERSE
THE BEST OF ROYO
SECRETS
MILLENNIUM
PROHIBITED

PORTFOLIO

WARM WINDS
III. MILLENNIUM
TATTOOS
CHAINS
PROHIBITED: SEX

ANDERE

THE BLACK TAROT
STRIPTEASE POSTKARTEN
POSTER
WOMEN BY ROYO
PLAYING CARDS

LIVRES ILLUSTRÉS

WOMEN
MALEFIC
SECRETS
III MILLENIUM
DREAMS
EVOLUTION
PROHIBITED BOOK I
PROHIBITED BOOK II
PROHIBITED BOOK III (En préparation)
CONCEPTIONS I
CONCEPTIONS II (En préparation)
VISIONS

COLLECTIONS DE TRADING CARDS

FROM FANTASY TO REALITY
FORBIDDEN UNIVERSE
THE BEST OF ROYO
SECRETS
MILLENIUM
PROHIBITED

PORTFOLIOS

WARM WINDS
III MILLENIUM
TATTOOS
CHAINS
PROHIBITED: SEX

AUTRES

THE BLACK TAROT
POSTALES-STRIPTEASE
POSTERS
WOMEN BY ROYO
PLAYING CARDS

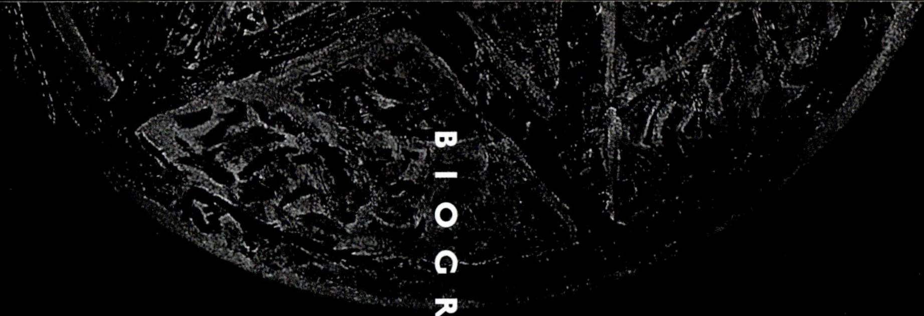

BIOGRAFIE - BIOGRAPHIE

Der spanische Künstler Luis Royo (Jahrgang 1945) ist weltweit für seine Fantasy-Illustrationen bekannt. Royo war bereits ein angesehener Cartoonzeichner und Maler, als er 1983 den Entschluss fasste, sich ausschließlich der Illustration zu widmen. Seine Arbeiten, die zuvor in spanischen Zeitschriften wie *Cimoc* erschienen waren, wurden bald in großen amerikanischen Magazinen wie *Heavy Metal* und *Warner Books* veröffentlicht. Bis 1990 waren fast alle seine Illustrationen Auftragsarbeiten, aber während der letzten zehn Jahre hat er auch mehrere Artbooks herausgebracht, die unveröffentlichte Illustrationen mit Auftragsarbeiten vereinen. In *Women*, 1990 erschienen, führte er ein Thema ein, das eine zentrale Bedeutung in seinem Werk haben sollte: traumhafte Frauengestalten an allen erdenklichen Schauplätzen. Dem folgten *Malefic* (das einem weiteren Lieblingsthema Royos gewidmet ist: der Schönen und dem Biest) *Secrets*, *III Millennium* (in welchem er das Ende des Jahrtausends aus seiner eigenen, unverwechselbaren Sichtweise darstellt), *Dreams*, *Evolution*, die *Prohibited Books* Serie (mit Illustrationen voller Sinnlichkeit), *Conceptions* (das anhand von Skizzen den künstlerischen Prozess aufzeigt) und schließlich *Visions*. Luis Royo wurde für seine Arbeit mit vielen internationalen Preisen ausgezeichnet, unter anderen mit dem *Silver Award Spectrum* (USA), *Cartoomics* (Italien) und dem *Pilgrim* Preis (Russland).

Luis Royo, né en 1945, est l'illustrateur espagnol le plus connu dans le monde. Peintre, dessinateur et graphiste, il débute dans sa facette d'illustrateur en 1983, en publiant ses travaux dans des revues comme Heavy Metal et Cimoc, et des maisons d'édition comme la Warner Books. A partir de 1990, il combine des commandes avec la publication de livres d'illustrations. La même année, paraît Women, où l'on peut deviner quel sera le centre de sa carrière: la silhouette splendide de la femme dans toutes les ambiances imaginables. Ensuite, Malefic sera publié (tournant autour du mythe de la belle et la bête), Secrets, III Millennium (son point de vue particulier sur la fin du millénaire), Dreams, Evolution, Prohibited Book I et II (livres d'un grand message sensuel), Conceptions (processus créatif à partir d'esquisses) et ce dernier, Visions.
Luis Royo a également créé beaucoup de travaux pour des couvertures de livres, des calendriers et des revues, et plusieurs collections de lettres avec des illustrations fantastiques. Son art a été loué avec des prix d'un haut niveau international, comme le Silver Award Spectrum (Etats-Unis), le prix CartooMics (Italie), ou le prix Le Pèlerin (Russie).

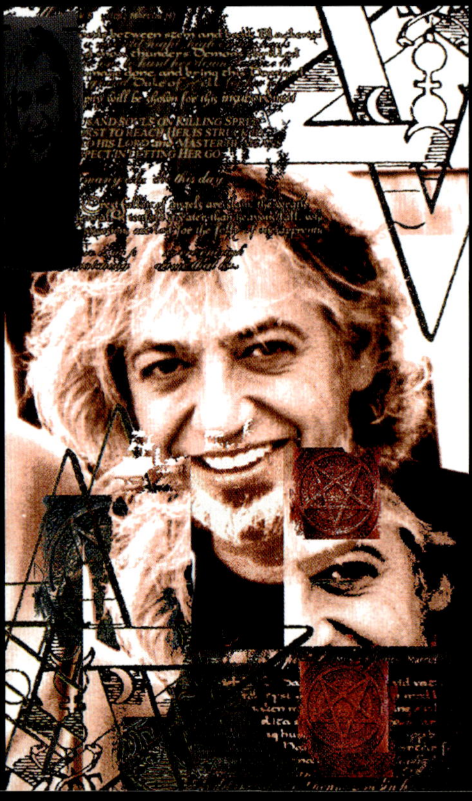